海老名香葉子

母と昭和とわらべ唄

しつけと情のある暮らし

鳳書院

［はじめに］

私は唄が大好きです。その唄の原点は母なのです。

乗り越えなくてはならない苦境に立っても一人小さな声で唄を歌うと、いつの間にか、がんばろう、強くならなきゃ！　と思えたのです。本当は唄は得意じゃありません。幼いとき音痴と言われ、子の親となり、ふくれ上がった家族と共に暮らしている間は唄を聞くのが楽しみ、喜びでもあったのです。

子どもたちが成長し、家族でお弟子さんも一緒に唄を歌ってくださいとテレビ局から依頼を受けたことがありました。中学生になっていた次女は弟やお弟子さんたちにレッスンをさせ、当日まで厳しい先生に徹していました。そして突然「お願い、お母さんは口を動かすだけにして歌わないで。お母さんが歌ったら絶対優勝しないもの」と言いわたされたのです。本番当日、私は口パクだけで出演し、最優秀賞に輝きました。これも嬉しかった思い出です。

ですからよほどじゃない限り人前では唄を歌いません。ただ涙が溢れそうになった

母と昭和とわらべ唄

——しつけと情のある暮らし

七五三の晴れ着、
かよちゃん七歳です。
高いぽっくりなので
手を引いてもらって歩き、
みんなで天神様へ。

兄弟全員が勢ぞろい。
左から三男、長男、かよちゃん、二男。
後ろはおじいちゃん。

（右）
右が一九〇七年生まれ、未年の母、
真ん中がおばあちゃん、
左が松枝おばちゃん。
撮影したのは昭和のはじめでしょうか。

ときは鼻をギュッとつまんで、少しおいて一人で幼いときの唄を歌います。お風呂で、あるいは机にむかって、かたづけものをしながら歌います。そうすると自然と流した涙のことが遠ざかるのです。

さくらの枝をいただいて私のベッドの横の床に活けたら咲き出し、夜、うす灯りの中であまりにきれいなので、「さくらーさくらー」とベッドで正座して歌いました。なおさらのように花が美しく、真夜中でしたが、くり返し歌ってしまいました。すると突然ふすまが開いて、長男が「おふくろ、気持ち悪いじゃないか、夜中にさくらさくらだなんて、ゾッとするよ!」。で、私は言い返してやりました。「お化けじゃないから、歌えるんでしょ、ありがたく思いなさい!」。

私は育ててくれた母のような優しさは持てませんでしたが、幼いときに聞いていた肉親の唄は忘れられません。野口英世先生の唄も兄がよく目を赤くして歌っていました。私も戦後、勇ましく生きようと思うと口から突いて出た唄でした。

唄は人生をも導いてくれる力を持っています。今夜は母の歌声を思い出して眠ろうと思うと、私は穏やかな気持ちになれるのです。

目次

第2章　ていねいに暮らす

第3章　いつも唄があった

第4章　愛と笑顔に包まれて

第5章　いのちある限り生きる

第1章　家族の力

#「ごはんですよー」

朝ごはんは、昭和一九年頃まで、白いごはんとおみおつけ、卵を食べていました。当時にしては、うちは贅沢《ぜいたく》だったと思います。

その日のおみおつけの具は、包丁の音を聞けばだいたいわかります。

「トントントントン」

大根の千六本。

「ザクザクザクザク」

お葱。

音がしないなと思ったら、お豆腐です。

お豆腐は朝早く私がお鍋を持って買いに行きます。すると近所の大人たちが「かよちゃん、おつかいかい？ 親孝行だね」と褒めてくれます。近頃はあまり聞かなくなりましたが、昔は「親孝行」が、子どもを褒めるときに当たり前のように使われる言葉でした。

千葉の浦安から貝の行商のおじさんもやってきます。

「あさりからー、しじみよー」

自転車の後ろに大きなかごをいくつも重ねて乗せ、そのかごの中には貝がいっぱい入っていました。買いに行くと、マスで量って売ってくれるのです。

貝売りのおじさんは、冬でも素肌にどんぶり（今のベストのようなもの）を着て、その上に印ばんてんを羽織っているだけ。それでも汗をかきながら白い息を弾ませています。

ほかに、大豆を茹でた「味噌豆」も売りに来ました。うちは祖父母と両親と兄弟が五人に、さらに同居人もいましたから、味噌豆は家で手作りしていました。

下町の朝はさまざまな行商人の朝の声が聞こえ、それを買いに出て来る人たちの交流があり、活気に満ちていました。

朝ごはんの支度ができると、母の「ごはんですよー」という声で、家族全員が集まります。

ごはんをよそってもらう順番もちゃんと決まっています。最初が父で、次が後継ぎである長男、三番目がお婆ちゃん。あとは兄弟が年の順番。

ごはんは、今は炊飯器から直接お茶碗によそいますが、昔は炊き上ると必ず、お釜からお櫃《ひつ》に移していました。こうすると余分な水分をお櫃が吸ってくれるので、冷めてもおいしいのです。お櫃に夏は簀子《すのこ》をかけ、寒い時期はおくるみに包んで置いておくのです。そして、おこげができたときに母が作ってくれるおにぎり。とってもおいしくて、私は大好きでした。

朝の卵料理は、だいたいお鍋でふっくらと炒ったもの。お醤油と少し多めのお砂糖で、味はちょっと甘め。優しい母の味です。それをおしゃじ（おさじ）ですくって、ごはんに乗せて食べます。でも、忙しくて時間がないときは生卵で、卵かけごはんにしていました。食べ盛りの兄たちは、すぐにお茶碗を空にします。「おかわり！」という声を聞くたびに、母は嬉しそうな顔をして、すぐによそってくれるのです。

不思議なことに、今思い返しても、母自身が食事をしていた記憶が私にはありません。いったい母はいつ自分で食事をしていたのでしょう。いつも私たちが食べるのを、そばでニコニコしながら見ていたのです。

父のしつけ

犬はあまり好きではありません。子どもの頃に噛みつかれたことがあって、なんとなくいまだに怖いのです。でも、噛みつかれたことは私にとって嫌な思い出ではありません。

当時、近所に韓国人の夫婦が住んでいました。とてもいい人だったので私たちはよく遊びに行きましたが、大きな犬を飼っていて、私はその犬が怖くて、いつも気づかれないようにそーっと通っていました。

その日も、犬の前を通り過ぎて「もう大丈夫」と安心した矢先、振り返ると、犬がこちらに向かって来たのです。私は慌てて家まで走りましたが、家のすぐ前で足を噛みつかれてしまいました。

私が大声で泣いたため、家じゅう大騒ぎ。母は、薬箱にある「成田山のお砂」を持って来て、ケガしたところに貼りつけてくれました。「成田山のお砂」というのは、成田山にある固い土の塊で、石鹸のような形をしています。それをおろし金でゴリゴリと削って使う、いわゆる民間薬の一種。けがの治療や止血の効果もあり、何かと重宝していました。

喜兄《きぃにい》ちゃんは、犬に噛まれて泣き叫ぶ私を見て「今にみていろ」と言って、飛び出して行きました。

しばらくすると、韓国人の夫婦がうちに怒鳴り込んできました。なんと喜兄ちゃんがその犬に石をぶつけたというのです。喜兄ちゃん流です。母は、玄関先で手をついて何度も謝りました。犬の治療代とお詫びのお金を渡して、なんとか夫婦に帰ってもらいました。

やり方はちょっと乱暴ですが、犬に噛まれた恐ろしい出来事を、そんな兄を思うと、つい笑ってしまうのです。

喜兄ちゃんは近所でも評判のガキ大将でした。

家にはよく、近所のお母さんたちが「うちの子がいじめられた」とか「ケガをさせられた」と文句を言いにやって来ました。そのたびに母は謝り、父やおばあちゃんは

「またか」と、ため息をつきます。三人いる兄の中で、問題を起こすのは決まって三番目の喜兄ちゃん。

でも、子どもの私はわかっていました。本当は正義の味方で、理由のない悪さは決してしないことを。だから、私は喜兄ちゃんと一緒にいると安心できました。

実際、喜兄ちゃんはいつも仲間を一〇人くらい連れて、みんなから「喜ちゃん、喜ちゃん」と慕われていました。そして「この指とまれ！」と言うと、みんなその指につかまろうとします。すぐにいろんな面白い遊びを考え出すので、指につかまれば必ず楽しく遊べるというわけです。

こんなこともありました。

喜兄ちゃんたち男の子がボール投げをして遊んでいたとき、投げたボールが炭屋さんの家の一枚ガラスに当たって、ガッチャーン！

割ったのは、信ちゃんでした。炭屋のおじさんが「この野郎！」とおっかない顔をして家の中から飛び出してきました。男の子たちも、そばで見ていた私も、恐くて言葉も出ません。

すると、喜兄ちゃんが「俺です」と言って、おじさんに謝りました。そして家に帰り「父ちゃん、ごめんなさい。俺、ガラス割っちゃいました」と、父に手をついて謝ったのです。私は、父がいつものように怒鳴りつけるとばかり思っていましたが、黙って喜兄ちゃんの言うことを聞いていました。

そこへ炭屋のおじさんもやってきました。

父は「うちの倅が、すいません。今お詫びにうかがおうと思っていたところで……」と謝ったのです。父がそんな風に言うのは珍しいことでした。

そして、おじさんが帰った後、父と兄は正座をして向かい合っていました。「喜三郎、おまえは正直に言った。えらいぞ。人間、正直が一番だ」と父が褒めたのです。

でも、本当にガラスを割ったのは喜兄ちゃんではなく、信ちゃんです。だから正直者ではなくてウソつきなのです。私は思わず「違うもん。喜兄ちゃんが割ったんじゃない。信ちゃんが割ったんだもん」と言ってしまいました。兄がキーッと恐い顔で私を睨みつけます。

「しまった。言っちゃいけなかったんだ」と思いましたが、言ってしまったものは仕方がありません。

それを聞いた父が「なお偉い！　喜三郎、おまえは大将だ！」と言いました。そして、兄の頭をなでました。

私はそれを見て、正直者より大将の方がもっと偉いのかと思いました。

父は、友達をかばった喜兄ちゃんのことが誇らしかったのでしょう。喜兄ちゃんも照れて赤くなっていました。

それにしても昔の人は、叱り方がうまいですね。

父ちゃんはすごい！

錦糸町の駅前に「丸花」というお蕎麦屋さんがありました。今は移転していますが、当時は停留所の真ん前にあって、市電を降りると、おつゆの匂いがぷーん。

そこに行くといつも「かよちゃん、何が食べたい？　何でも好きなもの作ってあげるよ」と言われるので、私は電車の中から「何にしようかな」とずっと考えています。

その日、お店に着いてもまだ決めかねていて「天ぷらにしようかな。おかめにしようかな」と言うと、おじさんが「じゃあ特別に作ってあげる。天ぷらおかめー！」って。私はもう、嬉しくて嬉しくて。考えてみれば、おかめうどんに天ぷらが乗っかっているだけなんでしょうが、子どもにしてみればドキドキ、ワクワクの大感激でした。

家で食べた天ぷらうどんも忘れられません。

昔の人は「寒参り」をしましたが、うちの父も「竿忠」の跡を立派に継げますようにと、冬の夜、深川のお不動様に願掛けに行きました。白装束を着て、足元は草履。鈴をしゃんしゃんしゃんと鳴らしながら寒い夜道を走ります。三人の兄たちも、母の手編みの襟巻きを巻いて父に付いて行きます。

「行ってまいります」と出かける父たちを、母と祖母と私が「行ってらっしゃい」と見送ります。しゃんしゃんしゃんしゃんの音がだんだん小さくなって、闇に消えて行きました。私はこたつに入って待っていましたが、いつの間にか眠ってしまったようです。

おばあちゃんの「父ちゃん、帰って来たわよ」と言う声で目を覚ますと、しゃんしゃんしゃんが聞こえました。急いで玄関に行くと、父ちゃんは寒いのに汗びっしょり。体から白い湯気が立ち上っていました。仕事仲間の職人さんたちも集まっています。

三人の兄が「かよ子、ちょっと来い」と私を呼んで、二階に連れて行きます。

「いいか、良く聞け。父ちゃんはすごいんだぞ。井戸の水を頭からザーザーかぶって『どうぞ、おじいさんのように立派な竿師になれますように』ってお祈りしたんだ。偉いだろう」

兄たちは、興奮気味に寒参りの様子を私に話して聞かせました。こんなに寒いのに水をかぶるなんて！　私はびっくりです。

その後、父の仕事場に職人さんたちも集まって、近所のお蕎麦屋さんから届けてもらったてんぷらうどんをみんなで食べました。私はまだ小学校一年生か二年生でしたから、うどんはいつも大人の半分。でも、その日は丸々一人前。私は思いました。

今日はがんばって全部きれいに食べなくちゃ！

うどんがだんだん減っていくと、お腹は反対にだんだん膨らんでいきます。うどんがほとんどなくなると、おつゆにまぁるいものが浮かび上がりました。電球が映り込んだのです。

この電球も飲まなくちゃ！

お腹いっぱいでしたが、おつゆをグーッと飲みほしました。

「まー、この子、丸々ひとつ食べちゃったわ」

おばあちゃんが驚いて言いました。

私のお腹はパンパンではちきれそうでした。

結婚してからのつるつるの思い出は、チャルメラです。

夫が真打になる前の二つ目のとき、寄席がはねた後、家でよく勉強会をしていました。深夜一一時、一二時頃になると、チャルメラがやって来るので、夫はそれを楽しみにしていたのです。

私は隣の部屋で生まれたばかりの美どりと寝ながら、チャルメラのおそばをすする音を聞いていました。ひと口すすっては、心から美味しそうに「バカうま、バカうま」と繰り返す夫の声がなんともおかしくて、いつも笑ってしまいました。

下町っ子のおやつ

昔住んでいた家の階段の下には小箪笥があって、一番下の小引き出しにお財布が入っていました。

母はいつもそこから私にお小遣いを二銭くれました。二銭といえば紙芝居のときに水飴《みずあめ》が買える額。喜兄ちゃんは五銭でした。母は、私たちにお小遣いを渡しながら決まってこう言います。

「紙芝居屋さんからお菓子を買って食べちゃダメよ。駄菓子屋さんのもんじゃもダメ。食べたかったらうちで作ってあげますから」

もちろん私は言いつけを守ります。

でも、喜兄ちゃんは母の言うことなどおかまいなしに、いつも外でお菓子を買って食べていました。水飴は二本の棒にからませてキュッキュッとやると白くなりますが、喜兄ちゃんはそれもすごく上手。私も教わりながら、実は内緒で一、二回、水飴を食べたことがあります。

ある日、その喜兄ちゃんから「かよ子、お金を少し俺に預けろ」と言われ、お小遣いを取り上げられてしまいました。

ちょっと頭に来ましたが「ま、いっか」という思いもありました。一緒にいるとなんとなく楽しく遊べるし、困ったときは必ず守ってくれるからです。

喜兄ちゃんは私を駄菓子屋に連れて行くと「かよ子、あの金華糖が欲しいだろう？」と言います。

金華糖というのは砂糖を固めたお菓子。今も結婚式や雛祭など、おめでたいときに鯛や野菜を形どったビニールに入っているあれです。

よく行く駄菓子屋にその大きな金華糖が飾られていて、くじ引きでアタリが出たらもらえるということでした。喜兄ちゃんは、私から巻き上げたお小遣いと、小引き出しの財布から勝手に持ち出したお金を出して「おばさん、これ全部くれ！」と言って、くじを全部買い上げてしまいました。

喜兄ちゃんの友達も集まってきました。

クルクルッと丸まったくじの紙を一枚ずつむいていくと、ハズレ、ハズレ、またハズレ……。みんな、いつアタリが出るかとドキドキしながらくじを見つめます。全部で百枚くらいむいたでしょうか。でもついにアタリは出なかったのです。

全部買えば必ずアタリが出ると信じていた喜兄ちゃん、怒り爆発！　親に言ったら逆に叱られますから、お店のおばさんに文句をぶつけます。体格もいいので、暴れると大人でも手に負えません。ついにおばさんが根負けして、謝りながら一等賞の大きな金華糖をくれました。

今思えば、くじを売っていただけのおばさんに罪はないでしょうに。でも、みんなで割って食べた金華糖はとってもおいしかった。楽しい思い出の味です。これが、今も私たち兄妹で大笑いのタネになる「金華糖事件」。うちの喜兄ちゃんは、こんな風にしょっちゅう面白いトラブルを起こしていたのです。

もんじゃ焼きも下町の子どもたちの定番のおやつでした。今は専門のお店で食べますが、昔は駄菓子屋さんに鉄板があって、そこで焼いてくれました。ただ、今のもんじゃとはずいぶん違って、水で溶いたうどん粉を薄くのばしてソースをぬっただけのもの。私が通っていたお習字の家の一階《した》が駄菓子屋さんだったので、いつも匂いをかぎながら「食べたいわ」と思っていました。

でも母は「外でもんじゃを食べないでね、うちでドンドン焼きを作ってあげるわね」と言うので、ガマンです。ドンドン焼きはサクラエビやキャベツやお葱が入っているので、そっちの方がおいしいに決まっています。それでも子どもの私は、やっぱり外でみんなでワイワイ食べるもんじゃがいいのです。

友達で囲むもんじゃ焼きは憧れのごちそうに見えました。

私の天気予報は大当たり

私の天気予報はたいてい当たりました。自分でも怖いくらい当たるのです。夕方、夕陽の沈む反対側にむかって下駄を投げます。

「ああした、てんきか、あーあめか！」と履いている下駄をポーンと投げて、表を向いて落ちると天気、裏が出ると雨なのです。

ある日、飛ばしたのが電信柱に当たって、〝アッ〟。言葉になりませんでした。これは嵐になるかなあ、と心配していたら、本当に嵐になったのです。私は絶対に天気予報の下駄を信じていました。

喜兄ちゃんが、「かよ子、あした、天気か雨か」と聞いたので、下駄で調べてみたら天気の表。「喜兄ちゃん、天気だよ」と教えたら、友達と遠出をする約束をしていたらしく、「ありがとうよ」と言ってもらって嬉しかった。

ある日、フォード修理工場の車がなぜか家の前の通りに止めてあって、投げた下駄がタイヤに当たってはね返り、私のオデコに、バターンと飛んできて当たったことがありました。その痛いの痛くないのって。ガマンしていたのですが、涙がボロボロこぼれて、いつものように泣いてしまいました。ガマンガマンと思いながら泣いていたら、みるみる、たんこぶができてしまいました。

家から、母さんとおばあちゃんが飛んで出てきて、

「あらあら」

「女の子が乱暴をして、ああ母ちゃん、おでこに早く早く」

抱えられて家の茶の間のくすり箱から早速「成田山のお砂」を出します。削って水でといて塗りつけ、「どうか大事《おおごと》になりませんよう」とおばあちゃんが唱えました。

天気予報をしたとは絶対言いませんでした。「なんで、こんなことになっちゃったの？」と聞かれても、泣いているだけにしました。みんなが心配してくれたのに、喜兄ちゃんが私の耳許で、「かよ子、大雨だな、近日中に大洪水だ」とささやいていたのです。

私はだまって誰にも話しませんでした。でも、ふるえ上がるほど驚いたのは三日後、

大雨で堅川の水があふれ、みるみる三ツ目通りから我が家までドンドン水かさが増し、大洪水になったのです。

みんなが大騒ぎで二階へものを運んでいるのに、私はただ二階の窓からボンヤリ外を見つづけているだけでした。

そして、その日以来天気予報は止めました。「かよちゃん、あした天気？　雨？」と聞かれても、「わかんない」と答えました。ただ一人、喜兄ちゃんだけは「かよ子はすごい！」と二人きりになると褒めてくれました。ときどき、「俺だけにやってみてくれ」と言われても「やめたもん！」と言って決してやりませんでした。

我が家特製の風邪薬

私が学校から帰ると、父は私を見て仕事の手を止め、台所にいる母を呼びました。

その日は体の具合が悪くて、ふらふらしながら帰ってきたのです。母は私のおでこに自分の額を当てて「あら、熱だわ」と言って、二階の部屋に連れて行って寝かせてくれました。

すぐに近所の松本病院の先生が来てくれました。

先生はひと通り診察を終えると「肺炎を起こすといけないから」と、カバンから何かを取り出しました。私の大嫌いな注射です。怖いのと痛いのとで大声で私が泣き出すと、母は「どうもすみません」と先生に謝っています。

先生は「静かに寝ているようにね」と優しく言って帰って行きました。

それからしばらくすると、母がやって来て、私の寝間着の紐をほどいて、胸に何かをそっと乗せました。熱い体にひんやり気持ちがいい！　熱冷ましの湿布です。私はそのまま眠りに落ちました。

翌朝、目が覚めると、なんだか生臭いのです。どうやら胸の湿布から匂ってくるみたい。そこに二番目の竹兄ちゃんがやって来て言いました。

「その湿布、フナとカラシを混ぜて作ったものだよ」

フナって、玄関の前の大きな壺の中で元気に泳いでいた、あのお魚？

私が毎朝、学校に行く前に話しかけていた、あの？

兄は、自分も湿布作りを手伝ったことが、ちょっと誇らしい様子。一方の私は、水分が抜けてすっかりゴワゴワになった胸の湿布を見ながら、泣きたい気持ちになりました。

フナは川や沼など、当時はどこにでも大量にいた魚です。もちろん冷蔵庫もない時代ですから、夏は冷湿布の代わりにもしていたのでしょう。身をたたいてすり鉢ですり下ろし、カラシと混ぜて作っていました。

私は生き物の命を奪ってしまって申し訳ない気持ちと、おかげで自分が元気になったことへの感謝でなんだか複雑な気持ちになりました。

今、海老名家には、私特製の風邪薬もあります。といっても、実は子どもの頃、私も母に飲ませてもらった記憶がおぼろげにあるのです。

作り方はとっても簡単。大き目のミルクカップに、薬味切りにしたお葱と、おろした生姜を入れます。そこにお醬油と塩をほんの少し入れて、最後にグラグラ煮えた熱湯を注ぐだけ。

最初は熱くてなかなか飲めません。でも、我慢して少し飲めば、鼻水がツーッと垂れてきて、そのうち目が赤くなって涙が出てきます。すぐに体はポッカポカ。全部飲み終えたら、肩をポンとたたいて「はい大丈夫、治る！」このおまじないの言葉が効くのです。一晩眠ればたっぷり汗をかいて、まさに特効薬です。

うちでは子どもたちが大きくなってからも、風邪気味のときは必ずこれを飲んでいました。「お母さん、なんだか風邪ひいたみたい」と子どもが言ったら、この薬を作って欲しいということ。

翌朝は、飲んだことすら忘れ、ケロッと元気になっています。

「親の愛」が一生のお守り

私が疎開していた沼津に、両親や兄たちは三日に一度は手紙を送ってくれました。たくさんあったはずが、今手元に残っているのは、そのうちの二十数通だけ。終戦後、風呂敷に包んで背中に縛り付け、その上から行李を背負って肌身離さず持っていました。でも、泊めてくれる場所を探して転々とするうちに少しずつ減ってしまったのです。

手元に残った手紙も、切手の部分だけ切り取られています。どこかの家にお世話になるにも、お金も手土産もなかったので、せめてきれいな切手をお礼にとあげてしまったからです。絵葉書もたくさんあったのですが、あげてしまいました。子どもながらに、少しでも相手に喜んでもらおうと気を遣っていたのです。

手紙は、今も私の部屋の本棚に置いてあって、朝起きると手を合わせています。この手紙を読んでいると、一晩中きりがなくなるほどです。

これは母からの手紙です。

「東京は今日も空襲です。そちらも空襲警報が時々あるでしょう。昨夜一一時半から空襲となり、今朝五時でやっと解除になりました。一睡もしないで防空壕の中にいました。おかげさまで両国署管内になんの被害もありませんでした。まだ空襲は続くと思います。お母さんも勇気を出してがんばっていますが、万万が一の場合は天命と思ってあきらめます。そのときはかよ子ちゃん、日本国民ですから大いにがんばって、おじさんやおばさんを、お父さんお母さんと思って、よく言うことを聞いて立派な人になってください。お願いします。もし命があり、空襲がないようになれば、すぐ伺います。かよ子ちゃんへ。よし（母の名前です）」

空襲警報が鳴り終わったとき、裸電球の下でやっとの思いで書いたのでしょう。それを思うと切なくなります。

私が風邪をひいたときは「治りたてはよけいに体に気を付けてくださいね。離れていて病気と聞くと、何より心配ですからね」とあります。

これは父からです。

「かよ子ちゃん、元気ですか？　お父さんも無事です。時々夢で見ます。これから寒くなりますから、風邪をひかないでください。そのうちにお母さんや兄さんが行きます。何か本を送ります。おじさんやおばさんの言うことを聞いて、良い子どもになって帰って来てください。戦が勝つまでがんばってください。勉強しなさい」

それから「寂しくなったら、東京の空へ向かって、お父さん、お父さん、お父さんと三回呼んでごらんなさい」とも書かれていて、このおまじないには何度も助けられました。

親の愛は本当にありがたいですね。こういう愛情あふれる手紙を持っていたら、どんなに苦しくても悪いことなんてできっこありません。そして、八〇歳を目前にした今も親を恋しいと思うのです。

あるとき、ボクシング協会の会長さんという方から「あなたのお父さんの手紙を持っています。差し上げたいので、取りに来てほしい」というご連絡をいただきました。

訪ねてみると、すごく大きな手紙で額に入れて飾ってありました。確かに父の字です。ありがたくいただいて帰って来ました。

父も母も字がとてもきれいです。父と母が二人で並んで、お習字をしていた姿を懐かしく思い出します。

これらの手紙は、今も私を守ってくれている本当に大切なお守りです。

家族の優しさに包まれて

この年になっても、人から教えられることはたくさんあります。

先日も、水俣病患者の方たちの支援をずっと続けている活動をテレビで見て、すごいなぁと感心。やっぱり社会のために尽くさなくちゃいけないという思いを新たにしました。

人の役に立ちたいという思いは、子どもの頃からありました。

その頃、街の電信柱や家々の壁、塀に中将湯《ちゅうじょうとう》の看板が貼ってありました。

中将湯はお母さんたちが煎じて飲む、薬のようなものです。私の母も何度も中将湯の匂いがしていたことがありました。どこも悪くなく、いつも元気に働いていられたのは、やっぱり中将湯のおかげかな、と思ってしまうのです。

実はそれ以外の理由で私はとても中将湯にあこがれていたのです。それは看板の絵がお姫様だったからです。かんざしを差して美しい顔のお姫様、私はそのお姫様になりたいと思い続けていました。中将湯の看板の前に立っているとうっとりする気持ちになりました。

ある日、隣のズボン屋のよっちゃんと玄徳稲荷様のところで話したのです。

「かよちゃん、大きくなったら、何になる?」

私はいつも元気に話せたのに話せなくなってしまいました。

「あのね、誰にも言わないで。私ね、本当はね、あのね、中将湯のお姫様みたいになりたいんだ」と言ったら、よっちゃんが「アハハハ」と笑って「それは無理だよ」と言ったのです。

「無理、無理」と重ねて言ったので、私は泣きたい気持ちになりました。その上、「かよちゃんの顔じゃあ、見てみなよ」と言うではありませんか。夢がパチンと音がするくらいに、はじけて消えていく思いです。

それから、中将湯の看板を見ないことにしました。心に誓ったのです。どういうわけか母も中将湯の匂いをそのあとさせなくなりました。

それで、次に憧れたのが従軍看護婦さんでした。

白い帽子に白衣を着た女の人の写真がお婆ちゃんの雑誌によく載っていましたし、予防注射をする様子などを見て、子ども心に素敵な仕事だなと思っていたのです。

中将湯のお姫さまや看護婦さんになる願いは結局かないませんでしたが、今では私がいろいろな方のお世話になって、この年まで生かしていただいています。

お弟子たちからも「おかみさんは早死にすると思ってた」なんて言われますが、何度も大病をしている自分が、この年まで生きるとは確かに思いませんでした。

長女の美どりが三歳のとき、私が結核になりました。半年間の闘病生活。退院した後も、夫や娘に病気が移ることを心配した姑から「別居して欲しい」と言われ、一人寂しくアパート暮らし。ようやく美どりに再会できたのは一年二カ月経ってからでした。

こん平の真打披露のときは、打ち合わせや支度で連日の徹夜。さらに披露興行が続く中、義兄が亡くなったこともあり、心身共に疲れ果ててしまいました。体調に異変を感じて病院に行ったところ、「動いちゃダメ」と言われ緊急入院です。まさかの心《しん》筋梗塞《きんこうそく》でした。なんとか危機は脱出したものの、三カ月間の入院。三八歳でした。その後も心筋梗塞は三度やって、そのたびに集中治療室に入っています。

私は人間ドックなど受けたことがありませんでしたが、二〇〇九年に主治医がドック長になった義理で、一度受けてみることにしました。その際、マンモグラフィも受けたところ、左乳房のしこりが発覚。主治医の紹介で、専門の名医に見ていただくと、結果は乳がんでした。

四人の子どもたちに飲ませてきた私のおっぱい。美どりを産んだときなど、体の弱い近所のお母さんに代わって、その赤ちゃんにまでおっぱいを飲ませてあげていた私が、まさか乳がんになるなんて！　という思いでした。

その名医は、翌々日にアメリカに発つ予定でしたので「じゃあ明日切ってください」と私はお願いをしました。本来、なかなか予約のとれないすごいお医者様なのですが、ありがたいことに手術をしていただけることになりました。

偶然にがんが見つかって、あっという間に手術の段取りまで話が進んだので、家族は私以上にびっくり。次男は特にひどく取り乱していました。でも、後で聞いたことですが、心配した次男は背広にネクタイを締め、先生のもとにがんの進行具合や手術の難度など詳細を聞きに行ったそうです。

幸い初期の発見でしたので、手術は無事成功。

退院後は、次男が買ってくれたベッドで寝ています。それまでは布団でしたが、起き上がるときに体に負担がかかるからと、病院のベッドのようにボタン一つで自動で起き上がれるベッドを用意しておいてくれたのです。

病気になると、自分を思ってくれている家族の優しさが、いつも以上に身に沁みます。

思い出の着物

長男夫婦と次男夫婦がそろったときに「お母さんの初恋はいつ？」と聞かれました。「初恋なんてする暇はなかったわ。生きて行くのが精いっぱいだったから」というのが私の答えです。

でも、初恋というほどではないけれど、子どもの頃のある思い出話をしたところ、息子二人は興味津々。「そういう話をちゃんとしておいてくれよ」と面白がっていました。それは、私が今も大事に持っている着物の思い出です。

うちには戦中まで呉服屋さんが来ていました。

鳥打帽子をかぶった番頭さんが、反物をいっぱい包んだ風呂敷包みをしょって売りに来るのです。目利きした何本もの反物を、茶の間にころころころーっと次々に広げ、その中から父や母、おばあちゃんが気に入ったものを買います。

私が最後に着物を買ってもらったのが、小学四年生のとき。番頭さんのほかに、私と同じくらいの年の小僧さんも付いて来ていました。番頭さんと同じように鳥打帽子をかぶっていましたが、子ども用がなかったのか、大きくてぶかぶかです。かわいい子だわと思って見ていたら、突然、帽子の下の目と合ってしまいました。

ドキン！

あんな風に心臓が締め付けられたのは初めてでした。それが初恋と呼べるかわかりませんし、それっきりのことですが、今でもはっきり覚えています。

そのときに買ったのは夏用の縮織の反物で、本裁ちにして、子どもの中振袖に仕立ててくれました。帯は鮮やかなグリーンの博多帯。着て父に見せたら「かよ子も娘になったね」と褒めてくれました。

それからすぐに私は沼津に疎開してしまったので、着物を着る機会はありませんでした。その着物を再び見たのは、孤児になった私が、後見人である中野の伯母さんの家に行ったとき。父は、家族の着物や趣味の骨董品などを千葉の知人の元に疎開させていたようで、それを中野のおばさんが取り寄せたのです。

伯母さんの家に住まわせてもらっていた私は、両親やおばあちゃんの懐かしい着物を持って、所沢や川越まで交換に行かされました。米や芋など、わずかばかりの食べ物に替えるためです。形見である母の着物を手放すときは涙がこぼれました。

私より五つ下の伯母さんの娘が、私の着物を着ていたこともありました。思わず「それ、わたしの」と言いそうになりましたが、そんなことを言ったらヒステリックな伯母さんにどれだけ怒られるか。我慢するしかありません。たくさんあったはずの母やおばあちゃんの着物もほとんどなくなってしまいました。

そんなある日、私が最後に買ってもらった、あの夏用の縮織の着物とグリーンの帯が出てきました。小僧さんにドキンとし、父から「かよ子も娘になったね」と褒めてもらった思い出の着物です。私はこれだけは絶対に手放すまいと、手元に置いて守りました。

その着物は、一六歳で金馬師匠のところにお世話になったときに、おかみさんが「これは本裁ちだから、かよちゃんが着られるように直してあげる」と仕立て直してくれました。そして、その着物でお見合い写真を撮ってもらいました。大事に守り通して本当に良かった。

昔は、女の人はみんな着物が縫えました。上等なものは呉服屋さんにお願いしましたが、普段着であれば家で縫うのが普通です。

洗うのも自分でやります。糸を全部ほどいて生地をバラバラにしてから洗います。よーく洗ってからすすぎ、ふのりを入れた水の中に入れて、絞ります。それを張り板に張って、乾かします。そのときに生地に空気が入らないようにピーンと張るのがコツ。丁寧に張らないとシワになってしまいます。乾いてからパリパリッとはがすときの気持ちのいいこと！

思い出の着物を着た私のお見合い写真は、今も三平堂に飾ってあります。

「今に僕もテレビに出るからね」

昭和二七年に結婚して以降、家に少しずつ電化製品が増えていきました。その中でも衝撃的だったのはテレビです。昭和二九年のことですから、近所でもテレビのある家はまだ稀でした。といっても我が家のはレンタル品。一カ月間テレビを貸し出すという広告を見て、すぐに応募したのです。

今と違って、朝とお昼と夜にそれぞれ少し放送があるだけでしたが、それがどれだけ楽しみだったか。前年に生まれた長女の美どりも、画面を見ながら歌ったり踊ったりするので、子守の手間も省けます。テレビってこんなにも素晴らしいものかと思いました。

でも、そんな夢のような生活はあっという間。

約束通り、一カ月後にテレビは持って行かれてしまいました。姑と私はがっかり。

急に家の光が消えてしまったような気さえします。

「どうしようね。うちには買うお金もないしね」と姑はとっても寂しそう。

「お母さん、私内職を倍やるわ。だから月賦で買いましょう」と私が言いました。

そして、ついに我が家にやって来たのが、当時流行っていた東芝の〃一〇インチ〃のテレビ。家の中にパッと光が戻りました。本当に嬉しかった。月賦での購入で、確か月千円くらいだったと思います。

テレビのために内職を二倍やるようになった私たちを見て、夫は「今に僕がこのテレビに出るようになるから、それまで辛抱してください」と、申し訳なさそうに言います。

♪サンサン、サントリーの天気予報
天気予報
明日の天気はどうでしょう?
サントリーが知らせる天気予報

「サントリーの天気予報」（三木鶏郎作詩、作曲）です。こういったコマーシャルも生放送。ときには、お料理番組の途中でハエが飛んでいたり、接着剤のCMで貼ったものがはがれてしまったり……。今では考えられないようなハプニングがいっぱいありました。

多くの人が新橋の街頭テレビや電気屋さんの前で、プロレス中継などを見ていた時代。うちがテレビを買ったことを知って、近所の人たちがやって来ました。職人さんたちは特にプロレスが楽しみで、画面に向かって声援を送ります。

はす向かいの建具屋さんは、テレビを見せてもらうお礼にと、お風呂で炊く木切れを持って来てくれました。お菓子屋さんはお菓子を持って来てくれました。そんな心遣いも嬉しくて、本当にテレビのおかげで賑やかな毎日でした。

姑はテレビが汚れるといけないからと、レース付きの幕を作りました。放送をしていないときは、それをかけておきます。とはいえ、しょっちゅう画面を磨いているので汚れることはありませんけれど。

でも、いいことばかりではありません。人が大勢集まることで、それまでいなかった南京虫が、とうとううちにやって来て、私も刺されてしまいました。

あまりの人の多さで、トイレの前の床板も二回抜けました。テレビの影響は思いのほか大きかったのです。

テレビをレンタルしていた頃から、夫は「今に僕も出るからね」と言っていました。姑は「そんな早口で喋って何だかわからないわ」と新時代を前に心配していましたが、あるとき、ラジオ東京テレビ（現在のＴＢＳ）の「今日の演芸」という番組に夫が出ることになったのです。テレビを買って一年目くらいのことです。

その日、姑と私は幼い美どりを挟んでテレビの前に正座し、ドキドキしながら放送を待ちました。すると、画面に夫が映りました。食い入るように見続け、最後に「ではまた明日」と夫が言ったのを聞いて、三人でテレビに向かっておじぎをしました。

あのときは本当に嬉しかった。

姑はいつも私の味方

夫が真打披露のお祝いにいただいた将棋柄の浴衣《ゆかた》が、いつの間にかなくなっていました。どこにいったのかしら？　しばらくすると、今度は高座に上がるときの座布団も消えました。やっぱりおかしいわ。物がどんどん消えていくのを不思議に思っていた矢先、お弟子たちが「やっぱり、おかみさんには黙っていられません」と、私に話しに来てくれました。

本当に恥ずかしい話なのですが、夫が女の人を囲っていたのです。弟子たちに頼んで、二階の窓から浴衣や座布団を外に放ってもらい、それをその女の所にせっせと運んでいたようなのです。

当時、ようやく仕事で芽が出てきた夫は、ラジオやテレビに出ると、その場で「薄謝」とか「謝礼」と書かれた出演料をいただいていました。文化放送でレギュラー番組も持ったばかりで、一日分を全部合わせれば、そこそこの額になります。

それを家には一切入れずに、すべてキャバレーやクラブで使っていました。そういう場所には文化人や俳優も多く集まるようで、あるとき、夫が有名な画家と競り合って一人の女性を落とし、アパートに囲っていたというのです。

それ以前も夫の女性関係には悩まされましたが、今回ばかりは私も黙っていられません。これまで姑と二人、寝る間も惜しんで内職をして生活費に充ててきたというのに、夫は稼いだお金を愛人に渡していたのですから。私だって江戸っ子です！

「別れましょう。美どりと出て行きます」

キッパリ言って、荷物をまとめました。

すると、姑が階下で夫に何やら怒鳴っています。

「遊ぶのも芸のうちだけど、度が過ぎる！」

怒った姑を見たのは、そのときが初めてです。その上「かよ子、何してるの。早くしなさい！　私も堪忍袋の緒が切れました。一緒にこのうちを出て行きましょう！」

と、自分も荷物をまとめているのです。

夫は私たち二人に向かって「申し訳ありません。二度としませんから」と言って、額を床にこすり付けながら謝ります。

「じゃあ泰一郎、その人と縁を切りますか」

「はい」

姑が息子を叱り飛ばし、私の味方をしてくれている。こんなに心強いと思ったことはありません。

それから夫と話し合いました。夫がその人と別れるにあたって、姑から「その人に、よーくお詫びしてきなさい」と言われ、私は翌日、女性の所にお金を届けに行きました。お弟子の案内で、その家に行く道中、ずっとドキドキです。

その女性は新築の立派なアパートに住んでいました。

「このたびは主人がいろいろお世話になりまして、申し訳ございません」

玄関先でそう言って、相手の顔を見ると、色白でとてもきれいな人。「私はかなわないわ」と思いました。

部屋に上がると、消えたあの浴衣が衣紋掛に吊るしてありました。勧められた座布団は、あの消えた高座布団です。部屋にはいい茶箪笥が置いてあり、夫婦茶碗まであります。おまけに、うちにはまだない新型の扇風機があって、スイッチをポンと押したら首がツーッと上って、クルクルクルクルクルッと回るではありませんか。扇風機に罪はありませんが、本当に悔しかった。そして、もっと驚いたのが電気冷蔵庫です。

当時、電気冷蔵庫がある家はまだほとんどなく、どの家庭も内側に銅板を張った木の冷蔵庫を使っていました。電気ではなく、中に大きな氷を入れて冷やす冷蔵庫です。炭屋さんが暑い夏の時期は氷屋さんもやって、毎朝大きな氷を削って持って来てくれるのです。もちろん海老名の家もそうでした。

それなのに目の前のこの人は、きれいな格好をして、電気冷蔵庫を使っている。私は、お金がなくて靴も買えず、汚い草履をはいて行った自分がみじめになりました。

その後、何度かその女性にお金を届けに行きました。今と違って、女性が自立してやっていける時代ではありません。あるとき、女性が風邪をひいたと聞き、私は卵を持ってお見舞いに行きました。「大丈夫?」と聞いたら「大丈夫です。奥さん、すみません」。初めて詫びたのです。

きっと心ではずっと申し訳ないと思っていたのでしょう。夫もきちんと別れ話をつけていたようで、話がこじれることもありませんでした。

それにしても、この一件を私が処理する形にして、私の気持ちが収まるように事を運んでくれた姑はさすがです。

我が家にテレビや洗濯機が来たときは本当に嬉しかったけれど、電気冷蔵庫だけはちょっと悔しさも一緒になって思い出します。

助け助けられて

主人のお弟子が大勢いた頃は、三升炊きのお釜で三度三度ごはんを炊いていました。お稲荷さんを作るときは一〇〇〇個、餃子は一五〇〇個くらい。それでも足りなくて、最後は奪い合いです。たまにごはんが余ったら焼きむすびにして置いておくと、あっという間になくなっています。私もよくそれだけ作る体力があったものです。

お弟子がおなかを空かせて帰って来るだろうと、サバの味噌煮もちゃんと人数分とっておきます。ところが、こんなことがありました。

林家ペーが帰ってくるなり「今日は天丼をご馳走になりましたから、ごはんいりません」。カチン！　こっちは食費を切り詰めながら、少しでもみんなに喜んでもらおうと用意しているのに、なんて癪《しゃく》に障《さわ》ることを！　怒った私は罰則を作ることにしました。

「連絡なしに外で食べてきたから、罰金一〇〇円払いなさい！」
「食べないのにお金取るんですか？」
「当たり前じゃない！」
「はい、じゃ一〇〇円」

ペーがすぐに一〇〇円を出してよこしたので、よけいに癪に障りました。毎日苦労して食事の支度をしている私のことなんて、ちっとも考えてない。

そこで私は考えました。次からは「罰金一一一円！」。

紙に書いて台所に貼っておきました。ほかのお弟子たちには「絶対にペーに一円を貸しちゃダメ」と強く言っておいたので、ペーは一円を探し回っていました。少しは反省したようです。

居候はどんどん増えました。あるとき、家族以外の人数を数えてみたら一八人。当時の家には一階、二階、三階にそれぞれトイレが一つありましたが、必ず誰かが順番待ちをしている状態でした。お客様が見えても「三平さんのうちは、三人待たないと便所に入れない」なんて言われたものです。建て増しの家だったので、トイレと台所の間の廊下も床も三回抜けました。

今考えると、どこの誰ともわからない人間まで、よく一つ屋根の下で寝起きさせていたものだと思います。中には、面倒を見てあげていたのに突然いなくなってしまったり、悪いことをして警察沙汰になる子もいました。

三平に憧れて九州からやって来た子は半年ほどで勤めた店の上がりを持って突然いなくなってしまいました。

私が子どもの頃も、家に居候がいました。家庭教師の二郎先生です。神山二郎さんという名前で、うちから師範学校に通い、その代わりに私たち兄弟の勉強を見てくれていました。昔は、そういう苦学生が多かったのです。

戦後、私は二郎先生の行方を探しましたがわかりませんでした。でもあるとき、夫がテレビで私のことを話したら、たまたまそれを見ていた二郎先生がテレビ局に電話をくださり、すぐにうちに来て再会がかないました。師範学校を出てから結婚をして、東京の秋川の学校で校長先生をしていました。

終戦後、二郎先生も私たち家族を探してくれたそうですが、わからなかったそうです。両親や兄たちが東京大空襲で亡くなったことを話すと「お世話になった自分が生き残ったことが申し訳ない。自分がこうしてやっていられるのは、かよちゃんのお父さんとお母さんのおかげです」と悲しみ、それ以来ずっと私に良くしてくれました。

ちょうど私が心筋梗塞で入院した後だったので「ぜひ療養しに来てくれませんか」と、秋川の自宅の離れに私の部屋をひとつ作ってくれて、洋式のベッドも置いてくれました。父が二郎先生に買ってあげた腕時計や、紺色の背広も大事にとってあり、父を思う二郎先生の気持ちが伝わってきました。

昔は、家が忙しいときは私もよく隣の布団屋さんに預けられていたので、他人と暮らす環境は珍しいとも思いません。戦争孤児になったときも、親戚や知り合いの家を転々としました。泊まるところがなくて「今晩泊めて」と言いながら歩いたこともあります。

だから、今でも人から「どうしても置いてください」と言われると断ることができません。今は個人主義の時代ですが、昔は他人の面倒を見るのが当たり前。助け合って生きていました。

まな板と母のお茶碗

戦災孤児だった私を拾ってくれたのが金馬師匠です。私は師匠の付き人や家事手伝いをしていました。

その金馬師匠のお宅にしょっちゅう来ていたのが、海老名の母で、私のことを元気で長持ちしそうだと見初め「うちにお嫁に来てくれない？」と声をかけてもらったのです。私はまだ結婚など考えてもいませんでしたが、金馬師匠をはじめ周りの皆さんが熱心に勧めてくれたので、一八歳で結婚しました。

夫はまだ噺家として売れる前でしたので、私は海老名の姑とひたすら内職に明け暮れていました。

そんなある日、時代小説でよく知られた作家の土師清二《はじせいじ》先生が奥様と訪ねて来てくださいました。苦しい生活を見て、三千円の商品券を持って「かよちゃん、がんばってね」と励ましに来てくださったのです。

私は「貧しいことは金馬師匠には言わないでください」とお願いすると「大丈夫。困ったことがあったら何でも僕のところに言ってきなさい」と優しく声をかけてくださいました。本当に嬉しかった。土師先生とは、ずっと親しくお付き合いをさせていただきました。

先生にいただいた三千円の商品券で買ったのが、まな板です。戦後間もない頃でしたから、それまでは板切れのようなものが、我が家のまな板代わり。私はどうしてもちゃんとしたまな板が欲しかったのです。夫と姑との三人暮らしで流しも狭かったのですが、散々迷った挙句、思いきって大きなまな板を買いました。案の定、姑からは「おまえ、こんな大きなものどうするの」と言われましたが……。

その後、夫がラジオやテレビに出演するようになり、お弟子ができたり、うちに人が大勢やって来たりで、大きなまな板を買って良かったと思いました。そのまな板を見るたびに、土師先生のことをありがたく思い出したものです。

海老名家にお嫁に来たとき、姑のお茶碗のザクロの柄を見て、そういえば母のお茶碗もザクロだったわと、思い出しました。兄に聞いてみると「そうだそうだ。よく覚えてるなあ」と笑っていました。母はいつも、自分は食べずに私たち家族が食べる姿を嬉しそうに眺めていたので、私の記憶には、ちゃぶ台に伏せたお茶碗しか記憶に残っていません。

自分のお茶碗の柄が何だったかは思い出せませんが、きれいな色がついていました。それから、お弁当箱は小判型のアルマイト。絵柄は、サクランボだったか花だったか、女の子らしいかわいい絵が描かれていて、大のお気に入りでした。そのお弁当箱をピンク地に白い水玉模様の袋に入れて学校に持って行きました。

おかずはなくても、のりとオカカが二段になっているだけで、すごく嬉しかったものです。うちは下町の中でも少しは余裕のある家でしたから、お弁当を持って行くことができましたが、貧しい家の子は持って行けません。そんな子たちは「お食べです」と言って、帰ります。お昼を家で食べることを〝お食べ〟と言うのですが、実際は家に帰っても食べるものはないので、ただ校庭で時間をつぶしています。

私は戦災孤児になってからはほとんど小学校へは行けませんでしたが、少しの間だけ通えたことがあります。でもお弁当は持って行けなかったので、〝お食べ〟組でした。すると、クラスの女の子が「少し分けてあげるわ」と、私にお弁当を分けてくれました。そのとき、私も〝お食べ〟の子にこういう優しい言葉をかけてあげられたら良かったのに、と後悔しました。

人を恨むまい

三三年前に夫が亡くなり、その七ヵ月後には姑も倒れて帰らぬ人に。小学生だった次男の泰助は泣いてばかりで、家中落ち着きません。

私は「泣いてばかりいたら前に進めないじゃないの。記念写真を撮ってもらいましょう」と言って、写真を撮ることにしました。喪服のみんなで「どうもスイマセン」ポーズです。心の中では「私こそ泣いてる場合じゃないわ」と、自分を叱咤激励していました。

お金はないけれど、思い出が詰まったこの家を売るのはいや。林家の名前も継承したい……。いろんな思いが駆け巡ります。でも人間、がんばればがんばれるものですね。みんなで力を合わせてここまでやってきました。

子どもの頃から、何かにつけ家族写真を撮っていた思い出があります。

七歳のとき、私はいっとういい花模様の着物を着せられて写真を撮りました。七五三のお祝いです。

おばあちゃんが「この着物は、父ちゃんが清水の舞台から飛び降りたつもりで買ってくれたんだよ」と教えてくれました。赤い紅を、口と目じりにも少しつけると「この子も、つくれば見られるわ」とおばあちゃんが感心していました。頭には飾りのきれいな白いリボンを付けてくれました。

近所の人たちも私の晴れ姿を見て「おめでとう、かよちゃん」と喜んでくれるので、私は恥ずかしいけれど、すごく嬉しくなりました。神田のおばあちゃんは「まぁ、いい支度をしてもらって」と、涙をためて喜んでくれました。

高いぽっくりは慣れないので、母に手を引いてもらわないとうまく歩けませんでしたが、みんなで天神様へ行きました。おすましして撮った写真は私の気に入りです。

写真といえば、子ども心に非常に怖い思いをした記憶もあります。

戦災孤児になった私を引き取って、後見人になってくれた伯母さんの思い出です。後からわかったことですが、その伯母さんは私の家の焼け跡にあった金庫から、生命保険証や土地の証書を見つけ出し、姉妹で分けてしまっていました。

私がお世話になるようになってからも、いつもキリキリ怒ってばかりいる人でした。かめに水を溜めておくのは私の仕事で、いつも遠くまで汲みに行かなくてはいけません。でも、その水がちょっと少ないときがあって、伯母さんがものすごい勢いで怒り出したのです。怒鳴られた私は、夕飯の雑炊を食べていても、お布団に入っても涙が止まりません。

その日の夜中、みんなが寝静まった後、私は家族や親せきが集まって撮った写真を取り出しました。誰もがとっても幸せそうな顔をしています。伯母さんも日本髪を結ってきれいな格好です。私はその伯母さんの目に鉛筆で穴を開けたのです。怒鳴られたことがあまりに悔しくて、悔しくて。

するとあくる朝、伯母さんが「目が痛い！」と言うのです。私はびっくりして言葉も出ません。体が震えました。伯母さんは伯父さんに付き添われて眼医者に行きましたが、お昼になっても帰ってきません。ようやく夕方帰って来たときには、包帯を巻いていました。遠くの大きな病院まで行って来たそうです。

「神様、許してください」

私は強い罪悪感にさいなまれ、何度も何度も神様に手を合わせました。これからは伯母さんに怒られてもひっぱたかれてもいいから、どうか目を治してあげてくださいと。あんなに怖い思いをしたことはありません。伯母さんはそれから一カ月くらい通院して、ようやく治りました。

偶然の出来事とはいえ、私はそのとき、人を恨むのだけはやめようと心に誓いました。もともとは伯母さんも悪い人間ではありません。悪いのは戦争。戦争は人の心までも変えてしまうのです。

人さまの情に生かされて

二〇一二年九月二〇日、夫の三三回忌を無事終えました。三三年は振り返れば長いようでいて、あっという間です。

一九七九年のお正月、脳出血で倒れた夫は、三カ月の入院の後、リハビリを経て奇跡的に復帰。しかし、喜んだのもつかの間。あくる年、末期の肝臓がんがわかり、入院からわずか三日で逝ってしまいました。

夫の百カ日法要を終え、私は弟子を集めて今後のことを話し合いました。本来、師匠が亡くなったら弟子たちは他の師匠に付きます。けれどもみんな「ここを離れるのは嫌だ」と言うので、私はおかみさんとしてやっていく決意を固めました。

それまで人前でしゃべることはもちろん、家のことばかりで外に出ることなどなかった私が、林家一門をどうにか引っ張っていかなくてはいけない。もちろん自分の子どもたちも育てなくてはいけません。

そんなときに「海老名さん、働きませんか？」と手を差し伸べてくれたのが、マスコミの人たちでした。

当時、四七歳。川崎敬三さんが司会をしていたテレビ朝日の「アフタヌーンショー」の身の上相談のコーナーが、私が靴を履いて外に出ていくきっかけになりました。

スタッフの方に「海老名さんはうなずいているだけでいいから」と言われたので、その通り、私は相談者が言うことをただただうなずいて聞いていたのです。人前で話すのも苦手でしたし、専門的な意見は弁護士の先生がいるので、私は結局、一時間うなずくだけで何もしゃべらずに終わってしまいました。

本当にこれでいいのかしら？　と思いましたが、回を重ねるうちに、相談者は自然にうなずく私の顔を見てお話ししてくれるようになったのです。私は完全に、聞き役。でもその役割に徹したのがどうも良かったようです。そのコーナーは八年半も続きました。

あるとき、主婦と生活社の田村編集長が「本を書きなさい」と勧めてくださいました。私に本なんて書けるわけありません。でも、実は以前、ある本屋さんに言われて書いた五〇〇枚の原稿がありました。文章など書いたことのない私が、一生懸命にマス目を埋めたエッセイです。しかし、夫が亡くなったので出版はできないと言われ、そのままになったものです。

田村編集長が何度も何度も足を運んでくださるので、恥ずかしかったのですが、その原稿を見ていただきました。すると「いいじゃないですか！　すぐ出しましょう！」と言ってくださったのです。

それが、一九八三年に最初に出した『ことしの牡丹はよい牡丹』。出してすぐに三七万部売れて、私も驚いてしまいました。

世間の方々は、私が文章を書く人間だと勘違いしているようですが、戦後は学校にもほとんど行けませんでしたから、何をどう書いていいのかもわかりません。ましてや本を出すだなんてとんでもない。実際、今『ことしの牡丹はよい牡丹』を読むと恥ずかしくてカーッとなってしまいます。

その後、金の星社に頼まれて、子どもの頃のことを書いたのが『うしろの正面だあれ』。当時は日記なんてつける暇はありませんでしたが、楽しかった子どもの頃のことは不思議とよく覚えています。厚生省（現厚生労働省）が推薦図書にしてくれたりして、おかげさまでいまだにロングセラーになっています。

講演のお話もいただくようになりました。最初は五分くらいで話が行き詰まってしまい冷や汗ものでしたが、少しずつ慣れて、なんとか人前で話せるようになりました。地方に行くと、主催者の方がお礼にと農産物を送ってくださることもあり、その親切が非常にありがたく、心に沁みました。

夫亡き後、一門を支えながら家族を養わなくてはいけない私に「働きませんか？」と手を差し伸べてくれたテレビや雑誌、新聞、出版社の方々。そして、世の中の皆さまの情に恵まれて、無我夢中でやってきた三三年です。

第2章　ていねいに暮らす

心のこもった針仕事

祖母と母は針仕事が大好きだったようで、時間があると二階で裁板《たちいた》を前にして二人向き合って手を動かしていました。

そのそばで私は二人の様子をジッと見つめ、幸せ感に浸っていました。一階《した》で遊んでいるとき、お客さまがみえたりすると、はしご段の所まで行って「おばあちゃん、お客さまですよ～」と大きな声で告げました。

特に私の着物を縫ってくれていたときの嬉しさは、言葉にならないほどの幸せ感でいっぱいでした。「かよ子ちゃん、見て、かわいいでしょ、おばあちゃんが買ってきてくれたのよ」普段着用の着物と羽織です。薄綿入仕立てのようでした。柄はエンジ色に小さな黒のポチポチがついていて、その地に折鶴が飛んでいました。「ウワー素敵！」そろそろ反物が手に入りづらくなっていた頃のことゆえ、嬉しさも倍です。

祖母が大事に押入れに入れてある真綿を出して、母と二人で手で伸ばしながら、合わせの着物と羽織に伸ばして入れていきます。

仕立て上がったら、お正月から着ましょうと思ったのでしょうか、羽織紐《ひも》は、ちんころがけ（ちりめんなどに綿を入れてくけたもの）で子どもが、ちんちん電車のように遊べるようにしてくれたのです。紐の端と端に結び目を作って両方の紐を通し、端のまるい玉を持って、チンチン、ゴーゴー、チンチン、一人遊びをして楽しみました。

袖は短めの元禄袖、何日かかけて二人でジッと座って仕上げてくれた着物と羽織、「さあ、出来上がり」、祖母の見ている前で母が着せてくれます。嬉しくて、キュンとなるほどです。布地は当時、新モス（新モスリン）と言っていました。

「とっても似合うわ」母が心からの声で言いました。祖母も「ホント！」と声を合わせます。「父ちゃんに見せてくる」と私はすぐに二階《した》へ降りて、「父ちゃん」「父ちゃん」と静かに声をかけました。仕事をしていた父が手をとめて、こちらを見て「おー、可愛い！」と笑顔で応えてくれました。

祖母と母が仕立ててくれた最後の普段着の着物でした。

寒くなってからは外で遊ぶにも、その着物を着ていました。はじめてみんなに見せたとき、「かよちゃん、きれ！」「かよちゃんいいね」と珍しそうにお友達が寄ってきて褒めてくれたのです。

嬉しい着物を毎日着ているうちに、だんだん汚れてきました。特に羽織の袖口のやまのところは鼻を拭いてしまって、黒くテカテカしてきました。母が何度も手拭いで汚れを拭きとってくれていました。

私の思い出いっぱいの着物です。夏は簡単服で、夜、縁日や花電車、花火、ちょうちん行列の仲間に入るときなどは浴衣を着ました。色とりどりのシャボン玉が飛んでいる浴衣が大好きでした。外へ出るときは三尺帯をリボンに結んでもらいます。袖がゆれ、暑いと思ったことなどないほど嬉しかったのです。

五月と九月の二カ月は単衣《ひとえ》もの、メリンスの花模様の着物です。すべて母と祖母の手によって仕立て上げられたものです。でも七五三の着物だけは、銀座で父が見立てて仕立屋さんに頼んで縫ってもらったそうです。箱の中の畳紙《たとうがみ》から現れた、きれいな振袖、二重のかさね着、それはもう天にも昇る美しさと、子ども心に思ったものです。

丸帯は朱の地に金の模様、「父ちゃんが清水の舞台から飛び下りたつもりで買ってくれたのよ」と祖母が何度も私に言いました。

嬉しくていつの間にか涙を流してしまい、「アラ、アラ」と母がみんなの手前恥ずかしかったのか、喜び立った私を抱いてくれました。七五三の一等の私の着物です。

張り板では汚れた着物を丁寧にほどいてへちまだわしでやさしく洗って、ふのりをつけて貼り付けます。午後になって張り板の布をツウーとはがすと、新しいきれいな反物になりました。

伸子張《しんしば》りもしていました。洗った反物に針を何十本もさしてピンとさせ、外に干すと風にゆれました。

母はフランス刺しゅうが好きだったのか、小さなハンカチには必ず丸い輪をはめて、花の刺しゅうをしてくれました。そのときは二階の南側で籐の椅子にかけて、とっても幸せそうなその姿を女の子の私は見つめていました。

優しい母はお針をしているときが喜びだったのでしょうか。

祖母は、きっと、お針仕事が得意だったのでは、と思い出しています。

お針姿は日本女性の姿と思えてしまいます。とにかく手を止めません。祖母が「かよ子、手を貸して」と言うと、糸巻きでした。父の仕事用の大きな束もあり、全部絹糸、両手で輪をしっかりかけて、祖母が巻いていくのです。私もだんだん上手になって、右へ輪をかたむけたりそれを左へしたりして、祖母は巻き終わると何気ないように「やっぱり女の子ねえ、上手だわ」と言ってくれました。

靴下、足袋に穴があいたり、着物のほころび、ひざのぬけたものが毎日のようにあって、繕うのは夜の母の仕事でした。みんな眠っているのに、お茶の間で母一人繕いものを山にして針を運んでいるのです。靴下や足袋、ひざのぬけたものやほころびなどに継ぎを当てたり、縫い合わせて、ひとつひとつ繕っていくのです。編みものも、こまもの屋さん（糸屋）へ行って毛糸を買い込みました。「どれが、いい？」と聞かれても、困ってしまう私は決められませんでした。

兄三人の分と私の紅色のものを決め、抱えて帰り、何回にも分けて毛糸をまりのように巻いていきます。その毛糸の束を持つのは私です。「かよ子が持ってくれると、ほんとに巻きやすいわ」と褒めてくれるのです。

幼い私でも祖母や母の心のこもった手仕事に参加し、覚えていました。

学校での裁縫時間に運針で一番になったことがありました。先生に褒められました。待ち針は、針さし坊にささっていて、とっても色とりどりで可愛いものでした。

江戸っ子の仕事振り

「なにしろ、この家にはほうしの玉が飛んで入ったというんだから、商売繁盛するの当り前のことさあ」

「ほうしの玉が突然、舞って入ってきたんだよ、出世するの当り前さあ」

「日本一の竿師っていうのは、世界一の竿師っていうんだ、当り前よう、ほうしの玉が入ってきたんだから」

　何かにつけて竿忠の名が世に出るにつれ、大人たちは昔のことを見てきたように喋っていました。

　昔々初代竿忠が世帯を持った貧しい暮らしの家の中に、ある夕暮れ、真っ白な大きなボール球大のフワフワした玉が入って来たそうです。その玉は狐の尾っぽの先についた毛玉のようなもので、それを手にすると大出世するか大金持ちになると伝えられていました。

竿忠の家にほうしの玉が入ったぞ、と近所中の人が大騒ぎして集まり喜んでくれたそうです。

本当にそれ以来、パリの万国博で釣竿を芸術品にまでたかめ、明治天皇からお褒めをいただき、二代、三代と素晴らしい作品を世に残したのです。戦前、名人竿忠とうたわれ、お芝居や浪曲、講談にもなり、戦後、ＮＨＫでその放送が流れました。車の中でそのラジオから流れる名人竿忠と聞いた私の夫三平は驚きの声を上げ、もう聞けないと思っていた浪曲を聞いた嬉しさで、言葉にならないほどでした。

その都度、私の頭の中で、ほうしの玉が浮かぶのです。

当時、近所にはさまざまな職人さんが住んでいました。

その職人さんたちが、よくうちにやって来ていました。目的は、釣竿職人である父の仕事振りを見るため。玄関からの長い間口に細かい玉石が敷いてあって、そこに表具屋さんや瓦屋さん、行灯屋さん、飾り屋さん、天ぷら屋のおじさんといった人たちが座って、じーっと父の手先を見ているのです。

中島飛行機の中島知久平さん（富士重工の前身である中島飛行機の創始者）が来ると、

我が家は大慌て。家の前に黒塗りの車で乗り付け、軍隊の護衛が何人も付いています。ほかにも陸海軍の偉い人たちが仕事の見物や竿の注文に来ましたが、そういう方たちにそそうがあってはいけないと、私たち子どもは「おとなしくしてなきゃだめよ」と母に言われました。

父が作るのはいろいろありますが、なかでも三三本継といって、三三本の竹から一節ずつ取ってつなぎ合わせ、一本の竿にするタナゴ竿が絶品。その竹も自分の目で確かめたものしか使わないので、一週間くらいかけてあちこち竹探しに行っていました。鹿児島から帰って来たとき「今年は台風もなかったし、素直ないい子がいたな」と父が言うので、私は何だろうと不思議に思っていたら、竹のことでした。

竿は注文のあった何本かを並行して作りますが、さまざまな工程があるので、出来上がるのは注文を受けてから一年か二年後です。

父は誰が来てもひたすら仕事をしていました。その間はしゃべることもなく、穂先をそろえたり、中通しをやったりと竿の作業を一生懸命に続けます。子どもの私には近寄りがたい雰囲気でした。でも、子ども心に「父は偉い人なんだ」と思っていましたし、母も父のことを尊敬していました。

また、父は趣味をたくさん持った人でした。

お茶もそのひとつ。ときどき、三人の兄と私が仕事場に座らされ、父からお茶のお作法をしつけられました。静かに座っていると、表の三つ目通りの喧騒《けんそう》が聞こえてきたのを覚えています。お花を活けることもありました。

また、父は骨董品集めも好きで、二階の戸棚は骨董品の山。ときどき、壺や焼き物の骨董品を出して来て手入れをしたり、刀をかざして目利きをしたりするので、近所の職人さんたちがよく見に来ていました。残念ながら、それら骨董品は戦後の混乱で人手に渡ってしまい、それっきり。

父の仕事や骨董品の見物にやってくる人たちは皆、学はなくても教養や好奇心のある人ばかりだったように思います。まさに江戸っ子。そういう常連さんたちから「あにさん、あにさん」と慕われる父でした。

倅から聞いたことですが、最近の研究では「江戸っ子」というのは、ものをはっきりと言わない恥ずかしがり屋だったという説があるそうです。

でも、私自身が江戸中期から七代続く職人の家に育った生粋の江戸っ子。自分の父や母のような人こそが江戸っ子だと思っています。

父は職人らしく、いつも唐桟《とうざん》の着物を着ていました。縞の柄で丈は短め。細身の体にキリリと着ていました。よくテレビなんかで聞く「べらぼうめ」こそ言いませんでしたが、ものははっきり言う父でした。だからどう見ても、丸顔ぺったんこで舌足らずな私の長男・正蔵は同じ江戸っ子とは思えません。

母も常に髪をきっちりと結んで、いつも真っ白い割烹着を着ていました。キリッとしている一方で、女の子らしい柔らかな言葉遣いをするように、私はよく注意されました。例えば、私が「明日天気だといいね」と言うと「かよちゃん、『天気』じゃなくて『お天気』よ。『いいね』じゃなくて『いいわね』よ」って。「ぞんざいな言葉はダメですよ」とよく言われました。

近頃は言葉に男女の差がなくなってきているので、昔の言葉遣いがいっそう懐かしく感じられます。

食事はしつけの場

食器箪笥のところに立てかけてある、まぁるいちゃぶ台。ゴロゴロゴロゴロ転がして、ちょうどいいところまで来たら、倒れないように頭で支えながら、脚をギュッ、ギュッ、ギュッ、ギュッと出します。

そこに、みんなのお茶碗とお椀とお箸を並べていきます。食事の用意をするのは、私の唯一のお手伝いでした。

今は、ごはんもおみおつけもよそってからお膳に並べますが、昔はお茶碗やお椀は伏せて置いておき、一人ずつ母によそってもらっていました。最初によそってもらう父も、全員がよそい終わるまで食べるのは待っています。

そして、父が「いただきます」と言うと、みんなも「いただきます」。

食事の場は、しつけの場でもありました。くちゃくちゃと音を立てて食べちゃいけないとか、迷い箸はいけない。肘を張って食べるのもダメ。お尻をペタンと畳につけて足を両側に開くトンビ足も、お行儀が悪いからダメ。おしゃべりな私はついしゃべりたくなりますが、食事のときだけは我慢、我慢。

「ごちそうさま」の後は、もうお手伝いはありません。朝は学校に行く支度をして「行ってまいります」。挨拶は元気に大きな声で言うのが決まりでした。

朝と昼の食事は比較的簡素ですが、夜はカレーライスや、たまにすき焼きも食べました。小学校三年生くらいまでは卵も一人一個ずつ。でも、戦争が始まると手に入れるのが難しくなり、二人で一個。おかげで私は小さいうちから卵のひももきれいに自分で取れるようになりました。

棚の上にはやや大き目な長方形の箱が置いてありました。味の素です。それを小さな瓶に取り分けて、お香々やいろんなものにかけて食べます。

「味の素を入れると、おかかだけとはひと味違うのよね」とよくおばあちゃんが言って、何にでもかけていました。

お魚の煮つけは一人一つずつですが、骨付きの魚は私はちょっと苦手。「かよちゃん、骨に気をつけて」と母やおばあちゃんがよく骨をとってくれました。

昭和一六年八月一三日、お昼のおかずは小鰺の煮付けでした。中皿に甘からく煮つけたのが二匹のせられて私の前に置かれました。

どうしてそんな昔のことをおぼえているのかと、みなさんは信じないでしょうが、しっかりとおぼえているのです。

なぜって、うちのおじいちゃんの具合が悪くて親戚のおばさんたちが泊まりがけて来ていたので、私はお隣の布団屋さんにあずけられていたのです。布団屋さんも家族が大勢で、丸い卓袱台《ちゃぶだい》で輪になってお昼ごはんでした。

家にいると母や祖母が骨をとってくれて、「気をつけて食べなさい」と言ってくれました。でもここでお魚をきれいに食べないと笑われちゃうと思って一生懸命気をつけて食べていたら、突然小父さんに「さすが釣竿屋の娘だけあって、魚の食い方がうめえなあ」と褒められたのです。すごく嬉しくて得意な気持ちになりました。

鰺の魚の骨と頭をたたんでお茶碗に入れたら、おばさんがヤカンで熱湯を持ってきて「さすがだわね〜」と言いながら注いでくれました。少し白くなった骨湯は体のためにいいんだってことは、ものごころがついたときから家族に知らされていたのです。

少しずつ飲みました。

私は釣竿屋の子に生まれてよかった、と思いました。

そのときの嬉しい気持ちは今もおぼえています。でも、そのすぐ後におじいちゃんが亡くなったことを聞かされました。喜びから一気にどん底に落ちた気持ちです。

さらに驚いたのは、その日のお通夜。子どもの私には、みんながお酒を飲んで、まるで喜んでいるみたいにみえました。あんなに泣いていた小母さんたちも、急に元気に働き出しました。私はなんだかわけがわかりません。

とにかくたくさんの人がやってきたことと、はばかりの前まで何人も並んでいた光景をはっきりおぼえています。

お里へ帰る日

母のお里は昔、本所菊川町にありました。大きな材木商で、母は四人兄妹の娘一人、「そりゃ、おんばひがさで育ったんですよ」と昔を知る人に教えられました。

父の家は代々竿師をしており、釣竿職人の中でも竿忠と屋号が通り、名人竿師とまで言われた人でした。

父と母の兄とが同級生で、父は母を見初めてしまったのです。でも暮らしむきは母と父ではずいぶんな格差があって、やっと庶民の間に電話が引けるようになった第一号が母の実家だったのです。

顔だちはとても美人とは言えませんが、清潔感があってやせ身で、恥ずかしがり屋、人前に出るのが苦手のようでした。誰が見ても感じのいい人、が母のような人だと私は勝手に思い込んでいました。

竿忠の家にはまだ電話が引けない頃で、母の材木商の店の柱にかかっている電話を気持ちよく貸してくれて、上り端からの上げ板を裏返してあって、呼び出し電話を借りていたのが竿忠と聞かされました。

母の母、祖母は深川小町と言われ、とても可愛い人だったそうですが、私の知る祖母は、すっかりおばあちゃんの感じでした。

母の父は材木商で地方に山を持っていて、趣味が興じて芝居小屋まで持ってしまい、夕方になると人力車に乗ってお出かけ。それを近所の人は羨望の目で見ていたようです。それが突然倒れて亡くなり、番頭二人にいいようにだまされ、山もなにもかものっとられた祖母は一人身で四人の子を抱え、菊川町を去って神田須田町に家を買って小商いを始めたのです。昌平橋の郵便局の道をはさんで隣り、細長い家で部屋がいくつもありました。

父のたっての願いで母を嫁にむかえたのは、昭和に入ってすぐです。母のたたずまい、品のよさは生まれからきたものと思えてなりません。優しい母を父は、こよなく愛したと信じています。でも当時の暮らしは本当に質素でした。楽しみといえばお里に帰ることぐらいでした。

「おっかさん、明日、神田へ行ってよございましょうか」と母が祖母に言うと、もう私の胸はワクワク。

「ああ、お行きなさい」ダメがないのをわかって聞くのでしょうか、いつも祖母は気持ちよく返事をしてくれました。出かけるのは私がお休みの日曜日です。

本所緑町三丁目から市電で一本、終点の須田町で降りると、私は一人で飛んで祖母のところまで行きます。交通博物館の道から見えるところに、広瀬中佐の銅像が建っています。「すぎのはいづこ、すぎのはいづこ」の唄で有名な銅像、そして祖母の店の前に立つと、転がるような姿で出て来た祖母に、「おばあちゃん！」と声をかけると抱きしめてくれ、「まあ、なんてお身大きくお成りだこと」と言ってくれました。

母と祖母と私の三人でお膳の上にのりきれないほどのご馳走、お菓子、水菓子……。祖母はいろいろ母に話を聞かせ、ほとんど母は受けて頷いているだけでしたが、「およし（母の名前）、らくになさい」など、言っては急須のお茶を何度も入れ替えしていました。祖母の家のあるあたりは有名なお店がたくさんあり、帰るときはお土産がいっぱいで、停留所まで送ってきます。

祖母と母は別れがつらいのか、いつも「おっかさん体に気をつけて」「無理をしないでね」。祖母も「およし、今度来るまでに肩かけ仕上げておくわ」。二人の母子の姿を孫の私はジッと見ていました。

母を思う子、子を思う親、寒い季節には背の低い祖母が母の首に手をまわして襟巻を直しています。いよいよ電車に乗ると、必ず窓際に立って、私が「おばあちゃん、さようなら！」と言うと母も「おっかさん」と手を振りました。涙をお互いに流しているのです。夕暮れの中ですが、女の子の私は胸にしみる別れを毎回のごとく見ていました。

見ながら私も涙を流していたのです。母はお里で、心身共に休んだのでしょうか。そう思えてなりません。

隆子さんの人生

母方のおばあちゃんは、神田で小商いの中でたばこ屋も営んでいました。年とともに体がだんだん弱くなってきたので、医師である息子の孝太郎伯父さんのつてで、看護婦の隆子さんに面倒を見てもらうことになりました。

孝太郎伯父さんは軍医をしていたので、家でおばあちゃんの面倒を見ることができません。孝太郎伯父さんは隆子さんとは面識がなかったので、うちの父と母が一応会いに行くことになりました。隆子さんは、住み込みで家のことも全部やってくれると言います。父と母は本当にいい娘さんだと気に入り、おばあちゃんをお願いすることにしました。

そんなある日、こんなことがありました。

おばあちゃんの家の前は大きな材木屋の女将《おかみ》さんの家だったのですが、その材木屋だった頃の番頭さんが突然やってきました。自分の子どもを抱いていて「この子の面倒を見てください」とおいて行ってしまったのです。

まだ乳飲み子の男の子でした。信じられないでしょうが、戦時中の混乱期ではそれほど珍しいことではありません。おばあちゃんも以前は大所帯を切り盛りしていた人ですから、赤ちゃんを放っておくこともできず引き取ることにしました。

結局、番頭さんはそのまま行方不明。男の子に孝一と名付け、籍を入れ、隆子さんと一緒にその子を育てていました。

そんな折、おばあちゃんが防空壕に落っこちて腰を痛め、寝たきりになってしまいました。隆子さんはそれまで以上に献身的におばあちゃんの世話を焼き、孝一も育てていました。そんな隆子さんを見て、おばあちゃんも母も「こんなにいい人はいない」とよく言っていました。言葉遣いも丁寧で、私のことを「かよ子さま」、喜兄ちゃんのことを「御三男さま」と呼びます。

おばあちゃんは、隆子さんに孝太郎伯父さんのお嫁さんになって欲しいと思うようになり、ニューギニアで軍医をしていた伯父さんに手紙を出しました。隆子さんに家も財産もすべて渡したいということまで手紙に綴ったようです。

孝太郎伯父さんは「お母さんや、みんながそう言うのなら、日本に帰ったらぜひ一緒になりたい」と返事をよこしました。

その手紙が届いたときは、みんな大喜び。私もおばあちゃんの家に連れて行かれ、喜ぶみんなの顔を見て嬉しくなりました。もちろん隆子さんも幸せそうでした。

ところが、それから幾日も経たないうちに、今度は悲しい知らせが届きました。孝太郎伯父さんの戦死の通知です。

ニューギニアの山で銃撃戦に遭った人たちを治療しに行った際、飛行機の奇襲を受け命を落としてしまったそうです。

孝太郎伯父さんと隆子さんは、写真でしかお互いを知りません。それでもみんなに祝福されて幸せになるはずだったのに、なんて悲しいことでしょう。伯父さんの遺骨は、父が横須賀まで引き取りに行ったそうです。

程なくして、おばあちゃんも亡くなりました。

隆子さんは、他人の子である幼い孝一と共に強制疎開をさせられました。戦中は公的な建物を延焼から防ぐため、周囲の民家を強制的に取り壊しましたが、郵便局のそばにあったおばあちゃんの家もその対象だったのです。

身よりも行く当てもない隆子さんは、町会の事務所として使っていた小さい一戸建てを借りて、孝一と住むことになりました。一戸建てといっても荷物置き場のような場所。その四畳半くらいの一部屋を二人で使っていました。

看護婦の隆子さんは本当に優しい人でした。

私は戦後、親戚の家をあちこちしているとき、どうしても寂しくなると隆子さんのところに行きました。

隆子さんは、いつも涙をいっぱいためて抱きしめてくれます。そして温かい雑炊を作って食べさせてくれました。雑炊は少しのごはんと、あとは野菜の切れ端のようなものが入っているだけ。でも、千葉の伯父さんのところで食べる白いごはんよりもなによりも、私の心をいっぱいに満たしてくれたのです。

本当は隆子さんと暮らしたかったのですが、布団を二枚敷けばいっぱいの部屋ですから、孝一と三人で暮らすのは到底無理。寝返りもうてません。だから二日もすると、私も「これ以上いたらいけないわ」と思って親戚の家に帰ります。

でも、親を亡くした悲しみもつらい日々も、隆子さんの存在は心の支えになりました。隆子さんは私にとって助けの神のような存在でした。

消えるようにいなくなった隆子さん

隆子さんは、私が金馬師匠に引きとられたときも、海老名の家に嫁いだときも、それはそれは喜んでくれました。隆子さんはずっと町会のお手伝いや、たばこの販売でお金を稼いで、他人の子である孝一を育てていたようです。自分の生活は決して楽ではないのに、ときどきお使い物を持って私を訪ねてきてくれました。

それも決して家には上がらずに、玄関のところに置いて「このたびはおめでとうございます」とか、「よろしくお願いします」とひと声かけると、パッと帰ってしまうのです。あんなに遠慮深い人はいないでしょう。

長女の美どりを産んだときは、お米と卵を持ってきてくれました。夫もまだ稼ぎがほとんどなく、生活費を姑と内職でしのいでいた時期ですので、その心遣いがどれほどありがたかったか。姑も「隆子さんにはお世話になるわ」と心から感謝していました。

次女の泰葉が三歳になって「手習い子」を踊るときには、お祝いを持って見に来てくれました。あんまり泰葉がかわいいからと言って、お人形屋さんに頼んで泰葉そっくりのお人形を作ってもらい、プレゼントしてくれたこともありました。今も家に飾ってあります。

その後、夫の仕事が軌道に乗ってからは、こん平たち弟子に頼んで、隆子さんのところにお使いものを持って行かせました。すると、必ず三〇〇円のお駄賃をピン札でくれるそうで、弟子たちも隆子さんのところに行くのが嬉しくてたまらなかったようです。

あるとき、珍しく隆子さんから「かよ子ちゃん、寄れたらうちに寄ってくれない？」と電話がありました。行ってみると、私に胸を見せて「実はね、こんなコブができちゃったの」と言うのです。見たら大きなコブができていて、医療知識などない私でも、大変な状態だということはわかりました。

乳がんでした。

町会の人の紹介で、厚生年金病院に入院することになりましたが、戦争で身よりを亡くしていたため、力になってあげられるのは私くらいしかいません。姑も「隆子さんほど気の毒な人はない」と言って、病院に通う私の代わりに家のことは何かとやってくれました。

でも抗がん剤の副作用でしょうか、隆子さんは日に日に弱って、思うように動けなくなってしまいました。身の回りのお世話をする私のことを、心から申し訳ないという顔で見ています。

そのとき、隆子さんは五〇歳。手紙と写真でお見合いをした孝太郎伯父さんが戦地で亡くなって、結局、生涯一度も結婚をしないままでした。たまたま預かることになった赤ちゃんだった孝一を育て上げ、結婚もさせました。

いつも働くだけ働いて、自分はおしゃれひとつしない。でも、とってもきれいで清潔感のあった隆子さん。自分の幸せよりも、周りの幸せばかりを考える隆子さんのお葬式では、姑も夫も涙を流してくれました。

私も、隆子さんが作ってくれた雑炊の味と、産後に卵をもらったことは一生忘れられません。

海老名家のお弁当

夫の誕生日は、亡くなった今も変わらずのり弁と牛乳。子どもたちも来て、のりとおかかの二段のお弁当を一緒に食べます。夫は戦中もよくのり弁を食べたそうで、結婚してからも好んで食べていました。牛乳も大好きでした。

海老名にお嫁に来たばかりのとき、大きなお弁当箱があってびっくりしました。「これは誰のですか？」と姑に聞くと「やっちゃんに決まってるじゃない。寄席は外に食べに行く時間ないから、これを持たすのよ」と言います。いわゆるドカ弁です。さらに驚いたのは、大きなお弁当箱には似合わない短いお箸。お弁当箱と同じ長さに切られていたのです。

「こんなに短いお箸で食べるんですか？」

「食べてる合間に、すぐに用事を言いつけられるのよ。こうして短くしておけばお弁当箱に入れてパッとふたして行けるでしょ？　そうじゃないと、なくなったり落っこっちゃったりするからね」

なるほどと感心する一方で、お弁当もゆっくり食べられないのかと思いました。

さらに、ふたの内側の真ん中のところはアルミニウムが剥げています。ちょうど梅干しがあたって、そこだけ酸化していたのです。

「三平は、お坊ちゃんだから苦労していない」なんてよく言われていましたけれど、そんなことはありません。お弁当箱は夫の人知れない努力や苦労をちゃんと物語っているんだと思いました。

子どもの頃、私が学校に持って行ったのは小判型のお弁当箱です。

一番好きなおかずは、ボラのおへそ。焼くと香ばしくてコリッコリッとした食感。おへそと言ってもボラの消化器が変形したものだそうですが、子どもの頃はおへそと信じていました。

あるとき、友達から「今日のおかずは何？」と聞かれたので「魚のおへそよ」と答えました。机の周りにみんなが集まって来て「魚におへそなんて、あるわけないよ」

と言うのです。

ちょうどやって来た先生まで「かよちゃん、魚におへそはないわよ」と言うので、私は悲しくなりました。

すると、五年生の喜兄ちゃんが助け舟を出しに来てくれました。

「先生、魚の中でおへそがあるのはボラだけなんです。今度、家でボラがたくさんあがったときに見に来てください」

しばらくして、先生は本当にうちへやって来ました。

先生は、母や祖母がボラをさばくところを熱心に見ていました。そして、母が串刺しにしたおへそを新聞紙に包んで先生に渡してくれました。

「かよちゃん、どうもありがとう」と帰って行く先生を見て、私はおへそがあって良かったとホッとしました。

今、海老名家では長男の嫁が朝四時に起きて、子どもたちのお弁当を作っています。男の子二人が野球とラグビーをやっているので、量や栄養のバランスにすごく気を付けていて、カロリー計算までしています。

そんな母親の愛情を見ていると、私自身は子どもたちにかわいそうなことをしたなと思います。特に次男のときは、夫が亡くなって経済的に困窮し、働くことで忙しかったので、お弁当どころか入学式や卒業式、運動会にも行ってやれませんでした。

それでも、高校の卒業式前日に先生のところへ挨拶に行ったら「泰助君、卒業生代表ですよ。お母さん、いい子に育てましたね」と言ってくださいました。思いがけない先生の言葉があんまり嬉しくて、私は連載していた朝日新聞のコラムにそのことを書きました。

学校で次男がどんな風に過ごしているかは知りませんが、次男には「いつでも家に友達を連れて来なさいね」と言っていましたので、うちでよく友達と遊んだり勉強をしていました。次男は全然かまってやれなかった私のことを恨むことなく「お母さん、あの頃忙しかったもんね」と言ってくれます。

不思議な言葉

洗面所の戸棚は内側に鏡がついているので、開くと三面鏡になります。でも和室の自分の部屋は昔ながらの一面の和鏡。お風呂から出たら、畳にペタンと座らないとどうも落ち着きません。那須の別荘にも六畳の部屋に和鏡を置いてあります。

原稿を書くときも正座で、食事のときは椅子に正座をしています。私は腰かけるよりも座った方が楽なのです。

昔、母や祖母もときどき、鏡台の前で髪結いさんに髪をすいて結い上げてもらっていました。でも普段は、髪結いさんに行きます。あるとき、私も母と一緒に髪結いさんに行くことになりました。翌日に着物を着てお出かけする予定があったので〝おたばこぼん〟を結ってもらうためです。

職人の子どもですから髪を長く伸ばすことができず、短い髪でできる精一杯のおしゃれが〝おたばこぼん〟。すき毛で作ったドーナツ型のものの真ん中に紅の鹿の子がついていて、頭に乗せます。

その髪結いさんの女性には子どもが一人いました。店の中をちょろちょろと遊び回り、「ねえや」と呼ばれる若いお弟子さんが面倒を見ていました。

そして、その子が突然、母親である髪結いさんに言った言葉が、ずっと私の頭から離れませんでした。

「おこんにゃばーつでにーてよね」

帰り際、私は母に「おこんにゃばーつでにーてよねってどういう意味?」と聞きましたが、母も何のことかわかりません。家に帰っておばあちゃんに聞いても、誰に聞いてもわかりません。呪文のようなこの言葉は、疎開先でもずっと頭にひっかかっていました。

そして、何年もしてふと思い当たったのが、縁日のおでん屋さん。

髪結いさんの子どもは、こんにゃくを煮て欲しかったのではないかと。まだ小さくて「お鍋」のことを「バケツ」と言ってしまったのではないでしょうか。髪結いのお母さんは仕事が忙しいので、なかなか子どもにかまっていられません。それで「おでんを煮て欲しい。おでんが食べたい」と一生懸命訴えたのでしょう。

結婚して、海老名の母にも「こんなことがあったんですけど、どう思います？」と聞いてみましたが「わかりっこないじゃない」と言われました。今となっては、それ以外に解釈のしようがありません。七〇年経っても引っかかっているのですが。

縁日のおでんといえば、子どもだった私は母から「外で売っているものは食べちゃダメ」と言われていたのでそれを守っていました。でも、喜兄ちゃんはそんなことおかまいなし。おでんの屋台で「かよ子、おまえも食べろ」と言うので、私もはんぺんを食べました。

帰り際、兄は「食べたことは絶対に言うなよ、叱られるから」と私に釘を刺します。「言わない、言わない」と私。私だって叱られたくはありませんから。でも、家に着いて「ただいまー。おでんは食べてないよ」といきなり言ってしまったのです。

私は兄から「ちょっと来い！」とすごい剣幕で引っ張られて、「バカ！」と言われました。

物を大事にした時代

子どもの頃の家の一階の突き当りには〝はばかり〟がありました。用を足す所まで、戸を三つ開けないと行けなかったので、うちのはばかりは広かったのだと思います。

一つ目の戸を開けると手洗い場になっていて、赤の手水器《ちょうずき》が吊り下げてあります。中に水が入っていて、下の真ん中の棒を押し上げるとチョロチョロと水が出てきます。

二つ目の戸を開けると男便所。山水の絵が画かれている便器です。

三つ目の戸を開けると、ようやく女便所。

ですから、おしっこがしたくなってもなかなかたどりつけなくて大変です。男便所と女便所の間の天井に一つ、電球が下がっていました。

戦争が始まると、紙はとても貴重になりました。おしりをふくのも新聞紙があたりまえ。でも、うちは父がどこで手に入れたのか、ありがたいことにチリ紙がありました。ところどころに印刷の文字が残っている粗末な再生紙で、ちりめんのようなシワのある紙です。はばかりの隅に二段の小さな紙棚があり、上の段には新聞紙、下の段にはそのチリ紙が置いてあり、女の人だけチリ紙を使っていたのです。

子どもだった私を含め、昔の女の人は体をいたわるとか、冷やさないようにすることに今以上に気を遣っていたように思います。私も寒い時期は下着の上に必ず毛糸のズロースをはかされました。

何しろお産も今のようにお医者様まかせではなく自宅でしたから、日頃から体を大事にしなくてはいけません。弟が産まれるとき、母は生卵を食べて栄養をとっていました。

赤ちゃんを産んでも三日間はおかゆなど消化の良いものしか食べられません。そして、お産から三週間は床に入ったまま。二一日目にようやく床上げとなり、普通の生活が送れます。最近は早々に退院するようなので、ずいぶん違いますね。

私も四人の子どものうち、長女の美どりは自宅で産みました。陣痛が二日間続いても産まれないので、お産婆さんがいったん帰ってしまうほど大変な初産でした。

三日目に本格的な陣痛が来て、手伝いに来てくれていた兄がお産婆さんを迎えに行ったり、薪を割って釜に湯を沸かしたり、牛乳を買ってきて飲ませてくれたり……。私の面倒をみてくれました。

そうしてようやく産まれたのが、三二二五グラムの大きな女の子。色が黒くて目が細く、髪のふさふさした赤ちゃんでした。

貧しい時代でしたが、いつも使っている洗濯用のたらいで産湯を使わせるのはかわいそうだと思い、新しいたらいを用意しておきました。当時は、今のように平べったい銅の箍《たが》ではなく、頑丈な鉄線のような箍。裏側に「昭和二八年二月吉日」と記念に書きました。

あれから六〇年。子どもたちから「いい加減、たらいを処分すればいいのに」と言われますが、今も大事にとってあります。そのたらいや産着を見ると、自分は母になるんだという決意や、満足を感じた当時の気持ちが甦るのです。

物のなかった時代、足袋でも靴下でも、つぎ当てをして大事に使っていました。ですから私は、たらいに限らず物を捨てることがなかなかできません。増える一方で困ったものです。

でも、いろいろな物が溢れている現代よりも、物のなかった時代の方がそのありが

たみがわかったように思います。食べ物も同じで、なかった時代の方がおいしかった
ように思えるのです。

我が家のしきたり

お正月の準備は年末から始まります。

お節料理は、五段重ねをひとつと二段重ねをひとつ。昔は松を祓《はら》う時分（一月七日くらい）まではお料理が傷みませんでしたが、今は暖かくて傷みやすいので、お重に詰めるのは少なめにして、あとは大皿に盛ってしまいます。

「ここに来ると、ナマコとクワイが食べられる」と珍しがるお客様もいます。

ナマコは毎年一二月二八日に、疎開していた石川県の穴水から一斗缶で届きます。下処理をするのは主に長男の嫁。みんなで手伝ってもほとんど一日がかり。クワイは錦平から、ほかの野菜は八百富の友人、白石さんから届きます。クワイは蓮やにんじん、ごぼう、やつがしら、里芋、がんもどき、こんにゃくとお煮しめに。それぞれ材料別に煮るので、お鍋がいっぱい必要です。蓮は見通しがいいとか、やつがしらは人の上に立つとか、クワイは芽が出るとか、縁起を担いだ食材も多いですね。絵手紙の先生、花城祐子さんが毎年鯛を明石から二匹届けてくださり、私の兄がみんなの前でさばくのが恒例になっています。

それから、元旦のお盃。息子二人は大みそかに除夜の鐘をつきに浅草寺に行くので、それと同じ頃、家では五〇センチくらいの大きな盃に、結んだスルメと結んだ昆布、小梅をひとつ入れておき、テレビから鐘の音が聞こえてきたら、そこにお酒をついでいきます。それをそのまま元旦の祝い酒にするのです。

元旦、お弟子たちがうちに集まるのが午前一〇時。男は紋付き袴、女は振袖かフォーマルで、お酒をひと口飲んだ後は、一人ずつ一年の抱負を言うのが恒例です。言い終わると、私が寿箸とお年玉を渡します。寿箸は、全部で七〇本くらい用意しておくでしょうか。暮れのうちに名前とひと言を書いておきます。

お正月なので傷つかないことを書こうと思っても「太り過ぎだよ、気を付けな」とか「今年はもっとがんばって」とか、どうしても辛口に。それでも、みんながこれを楽しみにしてくれています。

お正月の三が日が過ぎたら、七草です。松を祓って七草粥。一一日には鏡開き。一五日は小豆粥。

二月は節分と初午。

三月は宵闇に、お雛様、お彼岸。そして、九日は東京大空襲の供養式典。次男が小学生の頃、作文に「一〇日はお母さんの泣く日」と書いていました。

四月八日はお釈迦様の誕生日の花祭りです。

五月は端午の節句でしょうぶ湯に浸かります。

それから母の日は、家の氏神様のお祭り。最近は、お神輿《みこし》の担ぎ手の若者がだんだん減って寂しいものです。そのぶん、倅たちの同級生や友達が大勢来てくれ威勢をつけます。フジテレビのアナウンサーの笠井信輔さんは長男・正蔵の友達ですが、正蔵が仕事で参加できなくても毎年来て担いでいます。最近では「担がないと気持ちが悪い」と言って、いつの間にか林家連の〝顔〟です。

三平堂の前が町内会の大休憩になっているので、私も大忙し。まず、お神輿が到着する前に、升に盛った塩をパーッと道に撒きます。最近の人はそういうことをしませんし、お相撲の塩撒きよりもずっと豪快にやるので、初めて見る方にはびっくりされます。

用意するのはゆで卵三〇〇個と、大きなどんぶり二つに山盛の梅干、ビール。以前は樽酒を出すのがしきたりでしたが、飲み過ぎて事故が起きてはいけないので、今はビールです。梅干しは、昔うちに梅の木があって漬けていたので「おかみさんの梅干しが楽しみだ」とよく言われました。今は疎開していた穴水やあちこちのお友達が送ってくれるので、それを出しています。

お神輿に付いて歩く子どもたちには、お菓子を詰めたセットを撒くので、みんなそれを楽しみにしています。お茶やジュースやコーラを出すのは嫁たちの役目。

家の中も外も人でいっぱいです。

そのあと担ぎ手が引き上げてきてから、庭にビニールシートを敷いてお膳を並べ、打ち上げの祝い酒になります。

夏から冬への年中行事

六月に入ると模様替えです。

ふすまや障子を萩戸に替え、座布団のカバーやスリッパ、食器まで夏物に替えるので、家じゅう大騒ぎ。敷物も白いレースにします。私が姑から受け継いだことを、今は長男の嫁が中心になってお弟子たちとやってくれるので、私はすっかり任せっきり。海老名家のしきたりをしっかり継いでくれています。

生活スタイルは洋風になっても、四季を意識した暮らしや和の心は大事にしたいもの。おかげで梅雨時のじめっとした気分も明るくなります。

七月は七夕。やはり嫁が竹で七夕飾りを作ってくれます。それから「おひょろさま」。かごの中にホオズキや萩、お初物が入っていて、蓮の葉っぱに細かく切ったナスを入れておいて水にぬらします。

七月一三日には、毎年弟子志願に来ていた坊さまがお経をあげに来てくれます。その僧侶は、昭和三〇年代に「お弟子になりたい」とうちに来たのですが、親御さんがとても位の高いお坊さまだったので「噺家になるよりも、お寺の跡を継ぎなさい」と言って、修行に行かせた子です。

私が心筋梗塞の療養をしていたときは、衣を持って来て「おかみさん、いよいよ私も紫の衣を着られるようになりました。おかみさんのことを実の母以上に思っているので、おかみさんの手で衣のしつけをとってください」と、嬉しい言葉をくれました。

お父さんは大きなお寺のご住職ですが、その子は自分で廃寺を建て直し住んでいます。いい奥さんももらい、優しい人柄もあって檀家もどんどん増え、元気でやっているようです。七月一三日には必ず来てくれるので、うちも毎年みんなで集まって、良いお話を聞かせてもらっています。もう三〇年近く続く恒例行事になっています。

八月は夏休み。暑いこの時期は、玄関の打ち水、うちわ、風鈴、冷茶……欠かせません。電化製品に頼らなくても、五感で〝涼〟を感じる工夫はいろいろあります。

九月は夫のお命日とお彼岸。

一〇月、一一月、一二月はなぜかお誕生日がいっぱいで、うちにはしょっちゅうケーキがあります。一〇月六日は私の誕生日。子どもたちが私のために、フグや鴨しゃぶなどご馳走を取り寄せてくれて、そういうときは必ず「おじさんを呼ぼう」と兄も呼ぶので、昔話に花を咲かせながら一緒に食べています。

一一月は七五三があって、一二月の冬至にはかぼちゃを食べて、ゆず湯に浸かります。

今はあまりこういった行事をしないお宅が増えていますが、うちではどれも欠かさず続けています。だからでしょうか、忙しくて一年があっという間に過ぎていきます。同時に、今年も同じ行事ができる幸せを感じます。

折り鶴に込められた祈り

法事が終わると捨てられてしまう献花。もったいないので、なんとかできないものかしらと思っていました。
次男の襲名披露のときも、帝国ホテル始まって以来というほどの見事なお花をいただきましたが、やはり捨ててしまうということで心が痛みました
さんざん考えた末、夫の三三回忌はお花をやめて千羽鶴にしました。献花ではなく「献鶴」です。きれいな白い和紙でできた鶴をお客様に渡し、献花台にお供えしていただくのです。もちろん、その鶴はこちらで先に折っておかなくてはいけません。次男の嫁が中心になってみんなで心を込めて折ってくれました。さすがに千羽折るのは大変だったようです。
当日は大勢の方に来ていただき、おかげで明るく楽しい供養になりました。夫も

きっと喜んでくれていることでしょう。

千羽鶴は、三月九日に行っている上野の「時忘れじの集い」でも、毎年一〇束くらい全国から届きます。九〇代のおばあちゃんがこのために毎日折ってくれたり、入院中の方も自分のつとめのように折って送ってくださいます。励ましたり、励まされたりの千羽鶴。

ただ、月日が経って汚れてしまった千羽鶴は、余計に悲しみを誘うものです。私は以前「時忘れじの集い」の千羽鶴はお炊き上げをしていましたが、やっぱり心を込めて作ったものです。そこで、ファスナーのついた専用のビニールの覆いを作ってもらいました。だから、開けるときれいなまんま。皆さんの思いが、ちゃんとそのままあります。

第3章　いつも唄があった

唄に支えられて

「昨日、お父さんの夢を見たよ」

八二歳になる兄から電話がありました。

「へぇ、どんな夢?」

「褒められたんだよ」

何の電話かと思えば、いい歳をして、夢の中で父親に褒められた話です。でも、いたずらっ子だった兄は父に怒られてばかりいたので、嬉しくて話さずにいられなかったのでしょう。

私も「父ちゃん、昔のままだった?」とか「声は?」とか、いろいろ聞いてしまいました。七〇年近く前に亡くなった父がすぐそこに現れたよう。やっぱり親子の愛は永遠ですね。

そんな三番目の兄・喜兄ちゃんと私の間で、今も語り草になっている「金魚の目事件」というのがあります。小学校の頃の思い出です。

昔はタオルなんてありませんでしたから、顔や手をふくときには手ぬぐいを使っていました。出入りしている商売人さんたちが、よくお年始にもってくる手ぬぐいです。台所の入口に二枚かけてあって、私が物心つくようになってからは、それを毎日取り換えるのが私の役目でした。前の日の汚れた手ぬぐいをお風呂場に出し、代わりに戸棚の中の新しい手ぬぐいをかけます。

ある日、喜兄ちゃんが「なんだか目がおかしいんだ」と言い出しました。

あくる日、今度は父も同じことを言います。その目を見てびっくり。真赤に腫れていたのです。

「あ、父ちゃんの目、金魚の目になっちゃった！」

私の口から思わず出た言葉です。二人に続いて、家の全員が金魚の目になってしまいました。

原因はトラコーマ。水練所（プール）に通っていた喜兄ちゃんの目にバイ菌が入って、同じ手ぬぐいを使っていた家族全員に移ってしまったのです。これが「金魚の目事件」です。

今も兄と一緒だと、こういった思い出話が尽きません。初めはうちの子どもたちも面白がって私たちの話を聞いているのですが、夜遅くなってくると「もう眠いから」と先に寝に行ってしまい、気が付けば兄と私だけ。

おぼろげに記憶している唄も、兄と一緒だと歌えます。家には電蓄もあったので、昔はよく歌っていました。

四六歳で夫に先立たれたときも、唄に支えられました。四人の子どものうち三人はまだ未成年。大勢のお弟子たちを抱え、そのお弟子たちは酔っぱらうし、殴り合いの喧嘩をするしで、この嵐をいったいどうやって乗り越えればいいのかと途方に暮れました。一日を何とか終えた夜、布団にもぐりこむと涙がこぼれます。

そんなときはよく「悲しき子守唄」（西条八十作詞、竹岡信幸作曲）を歌いました。歌っている間は少し落ち着きます。

♪可愛いおまえがあればこそ　つらい浮世もなんのその
世間の口もなんのその　母は涙で生きるのよ

布団の中で泣くだけ泣いて、歌って、苦しい気持ちをきれいさっぱり落としたら、後はもう前向きにがんばるしかない。そう思えました。今の若い人だってそういう経験はあるのではないでしょうか。唄はありがたいものです。

♪磐梯山の動かない　姿にも似たその心
苦しいことがおこっても　つらぬきとげた強い人

これは「野口英世の唄」という小学校唱歌ですが、今でもときどき口ずさんでいます。

いつも唄があった

住んでいた家は南向きの陽当たりのいい家で、二階は二部屋通しの長い廊下があり、ガラス戸をガラガラと開けるとはり出し（ベランダ）がありました。母は朝夕その廊下を拭くのが習慣で光ってきれいにしてありましたが、子どもたちの遊び場でもありました。

広げた新聞紙の上によく豆や干物、お供え餅のくだいたものが陽を浴びていました。祖母はそれに手をやりながら、昔々の唄を聞かせてくれました。

その唄が面白くて私も笑い転げてしまうときがありました。また、お友達と姉様遊びやぬりえをしながら唄を歌ったものです。

立ってきちんと歌うのと違って、遊びながら楽しみながら自然に出る唄だったのです。

特に祖母の歌っていた江戸童《わらべ》唄は、すっぽり体にリズムとして入ってしまっていて、詩が正しいかどうかはわからないままです。でも祖母の子どもの時代に歌っていたのかと思いを馳せ、あの当時、嬉しそうに歌ってくれた祖母の声を聞いた頃は、幸せな日々だったと思わずにはいられません。

母は恥ずかしがり屋さんで、決して人の前でも人に聞こえるような唄は歌いませんが、私と弟にだけは、きれいな優しい優しい声で歌ってくれました。

特に小さな弟を眠りにつけさせる子守り唄は、なんてきれいな声と、私はうっとり聞いていました。弟の肩をトン、トンさせて歌うと、すぐにすやすやと眠りました。それはまるでまほうのようでした。

ある日三味線長唄が嫌いな私は祖母からやや強制的にお師匠さんのところへ連れて行かされました。六歳の六月の六日、おぼえの悪い私に業をにやしたお師匠さんは一生懸命私を仕込みましたが、私は嫌で嫌で、「かよちゃん、あんたの年で勧進帳が歌えたら大したものなのよ。越後獅子《えちごじし》が出来たんだから、しっかりなさい。私だって鼻が高くなるわ」と言われました。

確かにお師匠さんの鼻はツーンと高く美人美人と言われていますが、私は鼻ペチャ、鼻ペチャとみんなに言われていて、どんなに長唄が上手になったってダメだ、とあきらめたのと一緒でした。

二階で母と二人きりでひざを合わせて「母ちゃん、私、三味線も長唄も嫌なの」と言ったら涙がポロポロこぼれてしまいました。

母は私の手をとって、「そうだったの、むずかしい唄が歌えて偉いと思っていたのよ」「でも、きらいなの」と小さな声で母に言いました。祖母だったら「何言ってんの！」と叱られるところですが、母は「そう、そんなに嫌なら仕方ないわ、母さんがおばあちゃんにお詫びしましょ」と許してくれたのです。

母の気持ちもありがたく優しさが伝わりますが、ああ、あの苦しみから逃げられる、お師匠さんのところへ行かなくてもすむと、嬉しくて泣きました。

怖かった祖母ですが、いま私がおばあちゃんの立場になって、とき折長唄を歌っているのです。倅が「おふくろ、すげえ、勧進帳が歌えんの、驚いた！」と言いました。二男が「母さん、越後獅子《じし》だよね、はま唄まで歌えるんだ、すげえ！」と驚きの声です。祖母と母に育てられて良かった、と思いました。

ある日喜兄ちゃんに、「かよ子のオンチ！　オンチ！」とはやされたのです。「私オンチじゃないよ！」と言っても、大きな声で言うのです。私はくやしくて大きな声で泣いて母のいる台所へ行きました。手を拭きながら私を二階にさそってくれて、小引き出しから細長い布袋を出したのです。母の兄は医者で、軍医として出征していました。「かよ子、母さんも、昔、オンチって言われたの、友達に。そしたらね」母がツーと涙を流して、「兄さんがだまってこれをくれたの」。

光ったハーモニカが出て来ました。そして小さな音で、紀元節の曲を吹いたのです。

「くーもに、そびゆる、たかちほの」

「母ちゃん、ハーモニカ吹けるの！」

私は驚きました。母はオンチではありませんでした。優しい声で歌う唄を私と弟だけが聞きました。ハーモニカもしっかり耳にしました。

そして戦争が激しくなって、ハーモニカは母の兄、孝太郎伯父さんの形見になりました。ニューギニアで兵士の治療中、機銃掃射《きじゅうそうしゃ》で戦死した報せが入ったのです。

家中、みんなが泣きました。父の親友でもあったのです。

母には弟もいました。とても勉強が出来て電気学校へ行っていると聞いていたのですが、中央大学の特待生だったとのちに聞きました。

遊びに来てくれると嬉しくて兄たちは大喜びで、いろんな事を聞いて輪になって話していたのです。母は祖母に気を遣ってか、「徳ちゃん、お腹すいてない?」と聞きます。「天どん、って言ってよ!」と兄ちゃんが言います。

一子相伝の我家では父についで長兄の存在は格別で、徳ちゃん叔父さんを中にして子どもたちもそろって天どんが食べられるのです。

いつも頼むときは父の言い付けで上がつきます。上どんです。海老の尾が飛び出ていました。母が嬉しそうでした。

徳ちゃん叔父さんが来るのを兄妹はいつも待っていました。母は特にそうだったのでしょう。

そして喜兄ちゃんが、「まつばら、とーく」と唄を歌いました。私も口ぐせになっていて「まつばら、とーく」と、あとに続きます。とくは徳ちゃんのとくです。よく歌っていました。兄妹仲よしの母でした。

母が歌う子守唄

「お手乗せ、お手乗せ、おろして、おさらい」

お手玉で遊んで、終わりにするときは必ずこう言います。手の甲にお手玉をうまく乗せて、最後にポンと高く放り投げて、おさらい、ハイおしまい。「おさらい」は終わるときの決まり文句のようなものです。

勉強でもちょっとした遊びでも、昔はよく「おさらい」をしました。踊りや三味線の発表会のことも「おさらい会」といいます。辞書を引いてみると、確かに「習ったことを繰り返し練習すること。習得した技芸を発表すること」とあります。子どもながらに「おさらい」と聞くと、キリッと気持ちが引き締まるようで集中できます。

お手玉は、昔の女の子の代表的な遊び。よく母が端切れに小豆を入れて作ってくれました。以前、私が娘に作ってあげたお手玉も、家にいっぱいあります。大豆を入れたものや鈴を入れたものもありますが、やっぱり小豆の音が一番ですね。

子どもの頃、百人一首もしました。おとなしい母でしたが、家族で百人一首をするときは、いつも読み手。

「秋の田の、かりほのいほのとまをあらみ、我がころも手は露にぬれつつ」

とてもきれいな声なのですが、恥ずかしがり屋なので小さな声です。下の句を二度読んで、子どもたちがパッと取ると、ニコニコしていました。

弟のコウちゃんを寝かしつける母の子守唄はいまだに耳に残っています。とっても優しい声。

♪ねんねん　ねやまち　こめやまち　こめやの横丁～

母は恥ずかしがり屋なので、人前で歌うことなどありませんでしたが、子守唄は特別。コウちゃんを優しくトントンとたたきながら、小さな声で歌っていました。朝から夜まで働き通しの母でしたが、コウちゃんを寝かせるときだけ唯一、自分も体を横にして休んでいたのではないかと思います。

一度、母が台所で壁を背にしてうずくまっていたことがあります。びっくりして「母ちゃん、どうしたの？」と聞くと、小さな声で「頭が痛いの」って。これは大変だと思って、父やおばあちゃんに知らせようとすると「かよ子、ダメダメ。大丈夫だから」と言うのです。よっぽど痛かったのだと思いますが、人に心配をかけまいと、決して大げさにしたり、休んだりしない母です。ああいう生き方は、本当に芯が強くなければできないでしょうね。

吉永小百合さん主演の「おとうと」（二〇一〇年）という映画がありましたが、私の母はあの吉永さんの役の女性にそっくりです。顔ではありません。優しさや辛抱強さ、着物に割烹着《かっぽうぎ》を着て、ゆったりとした動きとしゃべり方。働き通しだから手も荒れています。兄も映画を見てそう思ったそうです。

吉永さんに「うちの母そっくりなんですよ」と話したら「あらー、そうですか」と優しく笑ってくれました。母も目が合うと、いつも私にニコッとしてくれました。

私はそんな母とお風呂に入るのが好きでした。鎖骨のところを三角形にへこませてくれるので、私はそこにお湯を入れて遊びます。上がる前は一緒に一〇まで数えて、その数える声まではっきりとおぼえています。

私が何かお手伝いしようとすると、「かよちゃん、手伝ってね」と言って一緒にやってくれました。でも、母となった私が子どもたちに対してどうだったかといえば、あまりに毎日が忙しくて、つい「邪魔、邪魔」なんて言っていました。

私の母は、家族一人一人に喜びを与えようとする人。そして、そんな母の子守唄は子を思う気持ちそのものでした。

終戦後、母を知る人からは「かよちゃんのおっかさんは菩薩《ぼさつ》様みたいな人だったね」とよく言われたものです。

電気蓄音機のある暮らし

職人の父は本をたくさん読む人でした。

背表紙に金文字で百科事典と書かれたぶ厚い本がずらっと並んでいました。その横は、さまざまな難しい本だらけで子どもの私には興味がもてませんでした。本棚は机の左側です。夜、うるし塗の作業や母とお習字をするとき以外は、いつも行灯《あんどん》の灯りで正座して机にむかって本を読んでいる背を布団の中からそっと見て、父ちゃんは偉いなあ、と思いながら、眠りについていたのです。

そんな父は新しいものをふたつ家にとり入れました。ひとつは電気時計です。大きいその時計は仕事場の突き当たりにかけ、通る人も時計を見ることができました。よほど寒いとき以外は仕事場のガラス戸は開け放されていて、常連のお客さまは、張り付いたように、ジッと父たちの手先を見ていました。そして夕暮れどきになると時計を見て腰をあげます。子どもたちも家の時計をのぞき込んで、「まだ遊んでいられる」「行こう、時間がある」と言葉を交わしていました。

ある日停電になり、時計が止まりました。家族で夕暮れを心配するより時計ばかりが気になって、ネジ巻きを持って家族中そわそわしていました。ローソクの明かりでごはんを食べ、早くに布団に入った私達兄妹です。

あくる朝、「時計が動いているぞ」

兄の声でホッとした私です。

ある日、びっくりするほど大きな箱が大事に運ばれてきました。小学二年生の私が背伸びしてのぞきこまないと中が見えない立派な箱。蓋をそーっと上にあけたら蓄音機でした。

兄たちが、「うわー電蓄《でんちく》だ、電蓄だ!」と叫んでいました。はじめは義太夫節、清元、新内、そのうち落語、講談になり、歌舞伎です。

祖母も聞き入り、父も仕事をしながら聞いていたのでしょうか。大人の楽しみだ、と私は思いました。

ある日父が、「かよ子、ハイ」とくれたレコード盤は童謡でした。題は忘れましたが、「くるまが廻る、エイサカ、ホイサカ、エイサカサ」。おぼえて一緒に歌っていました。

「みかんの歌」は川田正子さんが一番でした。ベッティちゃんの声もメイコちゃんの声もありました。

自分ももっと聞きたい、おばあちゃんや父たちが喜んでいるから「今度はなにかける？」と私はしばらく電蓄にへばりついて、注文を聞いては背伸びして盤を裏返したり、とり替えたりしていました。そのうち常連のお客さまもレコード盤を持って来るようになりました。

流行歌も始終かけて耳にしているうちにすっかりおぼえて鼻歌で歌っていたら、おばあちゃんがびっくりして、子どもによくない、子どものためになるようにと軍歌ばかりになり始めました。開戦中に聞いても、心とがめぬ唄を探してきていたようです。

金馬師匠がみえると、レコードはかけませんが、いらっしゃらないときは「ジュゲム」だとか「孝行糖」「居酒屋」など落語のレコードもかかりました。それですっかりおぼえてしまっていました。勉強室の机に着くと、一人で落語をそらんじていたのです。

誰も知らないと思っていたのに、金馬師匠がみえたとき、「娘が、師匠の噺《はなし》を語っているんですよ」と父が話していたので、なんだか恥ずかしくて泣きたくなりました。

いよいよ戦況も激しくなり、父は警防団、祖母は国防婦人会副会長と忙しく、レコードをかけるどころではなくなりました。茶の間の隅に置かれた宝もののような電蓄から、大人社会、昔のこと、子どもに世間を教えられていたのです。

戦争は電蓄の蓋をしめさせてしまいました。そして、やがて炎の中で消えてしまいました。あんなに喜んでいた人たちまでも消してしまったのです。

でも体の中に入った唄はときどき思い出して、一人で小さな声で歌い出すとなつかしく、そしておぼえていることの幸福感も感じられるのです。ありがたいことです。

下駄も嬉しい、靴はもっと嬉しい

下駄がチビて歯がなくなってくると、三ツ目通りの下駄屋さんの店先で、あれにしよう、これにしようと、眺めているのです。

おせんべのようになった下駄の鼻緒がきれて、いよいよ新しいのを買ってもらえるようになり、母さんと下駄屋さんへ出かけます。

もう決めてあるのを指さして、

「あれにして」と言うと、母さんがお願いして棚からとって新聞紙に包んでもらいます。普段用でも、アレ、コレ、考えての末に決めておいた品、そのすべてが嬉しいのです。

抱えて帰ると、母さんが包みを開いて、目の前に置き、「父ちゃんのお蔭よ!」と優しく言いました。父さんはありがたい、と幼い頃から、そのたびに思いました。

お正月には前のめりで丈が高く、かかとのところに鈴がついているぽっくり下駄、通称ぽっくりを履きます。これはお出かけ用だったり、物日、祝い日に履きました。朱塗りの赤い鼻緒や花柄、白木のものもあります。鈴がかすかに鳴り、やさしい女の子の気持ちになります。そんなときは決まって中振り袖の着物を着ました。

シャラン、シャランと鈴が鳴ります。

七五三のときは一等のぽっくりを浅草のお店まで祖母が行って買ってきてくれました。

畳表でとっても高くて、履くのに怖い感じですが、「こんなにいいものが子ども用だなんて、もったいないねえ」と祖母が話していた言葉が忘れられません。高々と持ち上げて母と私の目の前で、「かよ子、ありがたいと思わなくちゃね」と言いました。私は本当にありがたいと思いました。でも、さて履く段になったら、転びそうで、怖い、と思いました。母に手をとられて、やっと履きました。でもすぐ、祖母に脱がされ、「当日まで、大事、大事」と言われたのです。

靴下と革靴を履いた思い出は、小学校二年生のときでした。父と二人で銀座へ出かけたのです。

「父さんをよーく見て、父さんのやる通りにすれば大丈夫よ」

母はそう私に優しく言って、送り出してくれました。

きれいなワンピースと、一等いいレースの靴下、革靴。私は、お洒落をした喜びと、父と手をつないでの二人だけの銀座のお出かけにドキドキしました。父は職人ですから唐桟の着物を着ています。

当時の銀座はとても賑やか。夕暮れどきという時間帯のせいか、私もちょっぴり大人の仲間入りをした気分です。

「やっぱり銀座はすてきだわ」

ワクワクしながら、家の電蓄でいつも聞いていた曲「なつかしの歌声」（西条八十作詞、古賀政男作曲）が自然に口をついて出てきました。

♪銀座の街、今日も暮れて〜

歩きながら、ずっと小さな声で歌っていました。

父が連れて行ってくれたのは、洋食の老舗「資生堂パーラー」。

うちは外食の習慣はあまりありませんが、フォークとナイフを使う洋食のマナーを娘の私にも教えておきたかったのでしょう。

もちろん外で食べる初めての洋食です。階段を上がり、席に案内されました。いつものちゃぶ台とは違って、テーブルとイスの席。父と向かい合って腰かけます。私は母に言われた通り、父のやり方を一つも見逃さないように見つめました。

やがて目の前に運ばれてきたのは、大きなお肉のかたまり。父に倣ってフォークとナイフを手にします。

「こうして、こうして、こうして食べるのね」

私も精一杯まねて、お肉を口へ運びます。

気が付けば、周りのテーブルは大人ばかり。それに、白いテーブルクロスを汚したら大変。私はますます緊張して、せっかくのお肉も、おいしいのかどうか、味わう余裕はまったくありませんでした。

父が仕事で銀座に行くときなど、私も二、三度付いて行ったことがあります。

その帰りは「千疋屋」でフルーツポンチを食べるのが楽しみで、楽しみで。きれいなガラスの器に、小さく刻んだリンゴとミカン、それからサクランボがひとつ。そこにストローと長いスプーンがついています。丸善で何かしら文房具を買ってもらうのもお決まり。幼い私の密かなお楽しみでした。

私にとって銀座は、レースの靴下をはいてお洒落をして行く特別なところ。ドキドキしたり、ワクワクしたり。少し大人の仲間入りができるだけでなく、優しい父を独り占めできる特別な時間でもありました。

女の子の習い事

隣の布団屋の小父さんは、よく詩吟を歌っていましたが、子どもの私でも上手じゃないな、と思っていました。でも、だれでも同じように分けへだてなく可愛がってくれたり、怒ったりしてくれるいい小父さんでした。

次女の重子ちゃんは私より一歳上で、その上の和子ちゃんは年子で私より二歳上です。ある日重子ちゃんが、「私、本当は嫌なんだけど、剣舞をやらなくちゃならなくなったの」と泣きそうな声で言ったのです。私はいやいや長唄と三味線をおけいこしていました。

私はオルガンを弾きたいと思っていたのですが、家には子ども用の卓上ピアノしかありません。重子ちゃんと「私もオルガンがひきたい！」と言い合っていました。

でもお互いに、親の言うことを聞かなくてはなりません。親といっても私の家は祖母の独断でした。

私がどうしても三味線のおけいこに行きたくなくなって、公園でずるをしていた頃、布団屋の小父さんが、「かよ子、夜、うちへ来いよ。父ちゃんには話しておいたから」とニコニコして伝えてくれました。

布団屋の二階には二部屋あって、琵琶の音色が伝わってきます。

「こんばんは！」。大きな声でお店に立ったら、二階から「おう、かよ子、上っておいで」と小父さんの声。

二階の窓際に私一人座ったら、「これから、いいものを見せてやる」と神妙に言って、琵琶を抱えて壁際に正座しました。「それでは」と言った途端、重子ちゃんと和子ちゃんが縞《しま》の袴に柔道着のような上着のいでたちで現れ、私には目もくれずに木刀を持って、真正面を見すえて一礼、真剣そのものです。

そして木刀を袴と帯の間にさし入れるや、小父さんがベローン、ベローンと琵琶を弾き、「べんせい、しゅくしゅく、よる、かわをォォわたるううう」と続きます。途中で重子ちゃんと和子ちゃんが「えい！　えい！」と声をあげます。

布団屋も家族は大勢なのにシーンとしています。私は二人の姿をみつめました。

「おわり！」の小父さんの声で二人は私に頭を下げて、目も合わせず並んで隣の部屋に移りました。私は「すごい、すごい！」と感動していました。小父さんが「かよ子、どうだ偉いだろ！」と言ったのです。

私一人のために真剣勝負のように披露してくれてとても嬉しい、鼻が高くなるような気持ちでした。

「立てないだろう、足がひびれて」と笑いながら小父さんが言いましたが、私はシャンと立てました。

「ありがとうございます」とあいさつをして帰ったとき、大人になったような気持ちがしたのです。なぜだったのでしょう。

あんなに真剣にやっていた三人も大空襲の炎の中で逝ってしまいました。

小父さんの「かよ子ォー」重子ちゃんの「かよちゃん！」の声、忘れられません。

ハーモニカは大事なお守り

数えの六歳になった六月六日から、おばあちゃんに言われて長唄と三味線のおけいこに行きました。この日からおけいこを始めると上達が早いと言われていたのです。

「女の子はひと通りのことは覚えなくちゃいけない」

本当は遊びたくてたまりませんでしたが、おばあちゃんの言うことを聞いて、風の日も雨の日も毎日通いました。お師匠さんはとても厳しい教え方をする人でしたが、三年生か四年生になるくらいまで通いました。

ところがあるとき、お師匠さんが突然、癇癪《かんしゃく》を起こしたのです。

「まぁ、なんておぼえが悪いの！　もうおしまい！　音痴な子だねえ！」

その言葉に、私の心は真っ暗になりました。

それ以来、長唄と三味線のおけいこにはどうしても行きたくなくて、ずる休み。近所の玄徳稲荷の境内でさぼっていました。「行ってまいります」と家を出ては、玄徳神社の境内で時間をつぶしました。

そうして三日目くらいに運悪くおばあちゃんに見つかり、叱られてしまいました。

家に帰り、私は二階で母に泣いて訴えました。

「私、おっしょうさんに音痴って言われたの。だからどうしても行きたくないの」

おばあちゃんの言うことは絶対ですが、母は「わかったわ。いいわよ」と言って、おばあちゃんに謝りに行ってくれました。

「おっかさん、この子に三味線はむいてないのかもしれません。許してやってください」

「それじゃあ私の顔が立たないじゃないの！」

おばあちゃんはずいぶん怒っていましたが、「しょうがない子だねえ」と、なんとか許してもらえました。

その様子を見て、私はなんだか親不孝をしているようで悲しくなりました。

二階に戻ってきた母は、私に向かって優しく言いました。

「私だって音痴だったのよ。だけど一生懸命直そうと思えば音痴は直るのよ」

今、私のハンドバッグには、一音階だけの小さなハーモニカが入っています。これは次男がベルギーで買って贈ってくれたもの。私の大事なお守りです。一音階ありますから、簡単な曲でしたら一応吹けます。

夫が亡くなって以来、私は一門を無我夢中で守ってきましたが、ふと寂しくなるとこのハーモニカを吹いて自分を奮い立たせていました。何かに悩んでいるお弟子がいれば、このハーモニカを吹いて「みんな苦しいことがあるのよ」と励まします。母が昔、私を励ましてくれたように。

次女の泰葉は三味線を弾きますが、それに合わせ私も「勧進帳」や「越後獅子」「松の緑」を歌ったことがあります。子どもたちは「すごわね、お母さんどこで覚えたの？」と驚いていました。

三味線も「ひとつとや」「宵や待ち」くらいでしたら弾けます。

それも小さい頃に我慢しておけいこに通ったお蔭。一度おぼえたものは、たとえ下手でもちゃんと頭と体に染みついているものですね。

今思えば、もっとやっておけば良かったわ。習わせてくれたおばあちゃんに感謝です。

キューピーちゃんとのお別れ

♪ドンと波、ドンと来て、ドンと帰る。
チャップ波、チャップ来て、チャップ帰る。
ドントチャップ、ドントチャップ、キューピーちゃん。

大好きなキューピーのお人形と遊ぶときによく歌った「キューピー・ピーちゃん」(野口雨情作詞、中山晋平作曲)の唄です。たぶん親が買ってくれたものでしょう。短い手とお腹ぽっこんのキューピーちゃん。お友達が持っているのよりも大きくて、いつも抱いて遊んでいました。遊んだ後は、押入れの布団の間にそっと隠していました。なぜかと言うと、当時、セルロイドは戦争で使う火薬の原料になるから供出しなくてはいけないと学校で言われていたのです。貴金属も、兵器の原料にするため供出しなくてはいけませんでした。

二番目の兄は大事な顕微鏡を差し出しました。三番目の兄は自転車のゴムのタイヤを転がしてよく遊んでいましたが、そのタイヤを手放しました。

おばあちゃんは国防婦人会の副会長をしていましたから、皆さんの模範にならなくちゃいけません。大切していたかんざしや帯留め、指輪を出して来て私に言いました。

「いいかい、かよ子。今はお国の非常時だから、みんな供出しなくちゃいけないのよ」

「これ、みんなおばあちゃんの宝物じゃない？」

「そうよ、良く見て。これはおばあちゃんがお嫁に来たときに持って来たもの。これはおばあちゃんのおばあちゃんにもらったものなのよ」

そう言って一つずつ私に説明してくれました。最後には入れ歯の金歯まで差し出したので、私はおばあちゃんがかわいそうに思えてなりませんでした。もちろん父と母もいろいろなものを供出しています。

私はキューピーちゃんを持っているという後ろめたさで、押入れの布団の間に隠していたのです。母はもちろん気づいていたでしょうが、私には何も言いませんでした。

家には祖母と母がとても大切にしていた、振袖の市松人形もありましたが、それは兵器の原料にも何にもならないので、出さなくていいそうです。でも、市松人形は眺めているだけで、キューピーちゃんのように遊び相手にはなりません。

でも私は決めました。

最後にキューピーちゃんを思いきり抱きしめて、あの「キューピー・ピーちゃん」の唄を泣きながら歌って、お別れしました。

第4章　愛と笑顔に包まれて

鼻ぺちゃだけど、えくぼがあるもん！

祖母が、「かよ子は鼻が低いねえ」と言うと父が「えくぼがあるから、いいやあ」と言い返してくれました。

ある夜、祖母と二人でお風呂に入っていたら、「本当に鼻ペチャだから、いいかい、毎日こうやって、どうか高くなりますようにって神様にお願いするのよ」と教えられました。真剣な顔で言っているので心から信じました。あるとき、誰もいないと思って自分で鼻をつまんで、「どうか高くなりますように」とお祈りしました。

すると廊下の隅で見ていた喜兄ちゃんが、「かよ子、洗濯ばさみでつまんでおけば、いつでも高くなっているのに」とはやしたてるように言いました。

〝アッ見られた！〟の思いと悔しいのとで、私は大きな声で泣きました。すると祖母が飛んできて、「また喜三郎だね、よしよし、かよ子泣くんじゃないよ、ああ、涙とはなと両方だから」。

ちり紙で拭《ぬぐ》ってくれ、「ちん」をしなさい、と言うのです。鼻をつまんで、ちんをしなさいと、おばあちゃんまで私を馬鹿にするんだと、もっと大きな声で泣きました。

その夜、なにも知らないはずの父が寝床に入って私の顔を見つめて、

「かよ子、鼻が低くても、こんなに可愛いえくぼがあるからね」とほほをよせました。

私は鼻なんか低くてもいいや、えくぼがあるもの、と少し自信が持てたような気がしました。泣かなければよかったのにと、その日も思いました。

おばあちゃんと一緒にお芝居を見に行くときは、前の晩にお風呂場で水おしろいをつけてもらいます。首のところに、薄ーくぬるおしろいです。よく錦絵なんかでお女郎さんが白く塗っていますが、あんなに白くはなくて、もっと薄いものです。

下町だけの風習かもしれませんが、子どもの私も着物を着るので、うなじがきれいに見えるようにおばあちゃんが塗ってくれました。特別な日だけの女の子のおしゃれ。きれいになるのは嬉しいものです。

おばあちゃんも、首には薄い水おしろい、顔は普通のおしろいをつけます。頭は日本髪。ぎゅっと縛っていたからでしょう、昔の女の人は縛った頭のてっぺんに、よく

大きなハゲがありました。

髪を洗うのも今と違って週に一回くらい。「黒髪」という粉せっけんで洗いますが、灰のように黒い粉で、洗い流した水も黒くなります。子どもは、顔も体も髪の毛も全部、化粧せっけんで洗っていました。昔は、洗剤といえば化粧せっけんと洗濯せっけんくらいしかありませんでした。

今、私はお化粧はしますが、装飾品はほとんど付けません。人前に出るときは小さいブローチを一つ付けるだけ。以前はそのブローチもしませんでしたが、ある方から「装飾品は女性のエチケットよ」と言われて以来、気を遣っています。

あとは、冠婚葬祭などフォーマルなときのための真珠のネックレスがあるだけ。イヤリングはほっぺたが痛くなるのでやめました。いくつかあったネックレスやイヤリング、指輪は次男の嫁にあげてしまいました。

オシャレに興味がないわけではありません。自分のセンスがあまり良くないのと、体型が良くないのとで、洋服を上手に着こなせないのです。ですから、どうしても着ていてラクなものを選んでしまいます。

デパートに行ってもキラキラした服はなんとなく気後れしてしまいます。本当は花柄の可愛いものを着たくても、結局、外に出るときは黒や灰色といった地味な色の方が、落ち着いて安心できるのです。

おしゃれがあまり得意じゃないのは子どもの頃からでした。

うちの父や祖父は、私のことをよく「うちの子は器量が悪くて」とか「この通りの鼻ぺちゃで」と、人に言っていたからかもしれません。昔はたいてい身内のことをそんな風にへりくだって言いましたが、言われた子どもはそのまま受け止めて、コンプレックスになってしまいます。

それに、私は職人の子ですから、髪の毛はいつも耳たぶが出るくらいの長さで短く切られてしまい、襟足の方は刈り上げていました。

同じクラスに、髪を肩まで伸ばしている材木屋のお嬢さんがいました。とっても可愛くて、私の憧れです。「私ももう少し長く伸ばせば、少しは可愛くなるのになぁ」といつも思っていましたが、それもできません。

喜兄ちゃんと一緒に床屋さんに行くと、終り頃に、喜兄ちゃんがこっちを見てニターッとするのが本当に嫌でした。

そんな子ども時代でしたから、大人になってもおしゃれすることが照れくさいのかもしれません。子どもだって、親から「可愛い、可愛い」と言われた方が嬉しいに決まっています。女の子ならなおさらです。

とはいえ、私自身そうはわかっていても「うちの倅たちは出来が悪くて」と、つい言ってしまうのです。言ってから反省です。

母は日本一の女性

「ただいまァー」学校からランドセルを背負って急いで帰ったら、「おかえんなさい」と母が待っていたかのように玄関に現れました。

「エッ!」驚いた私は声も出ません。しばらく母を見つめてしまいました。いつも着物しか着ていない母が、今でいうワンピースを着ていたのです。

白地に小さな紫の花模様、同じ布でウエストのところでリボンに結んでいます。やせていた母は洋服がこんなに似合うのかと、そして〝きれー〟と子どもの私は見つめたのです。

「母ちゃん、とっても似合うわ。素敵よ」と言ったら、ニコッと嬉しそうでした。

そして、手を洗って勉強室にランドセルを置いたら、母が待っています。そばへ行くと、「おそろいよ」と同じ柄のワンピース、袖がチョウチン袖、衿なし、私のは裾が広がっていて、木綿地です。

「嬉しい！」胸がドキドキするほど喜んでしまいました。

「二階《した》へ行って、見せましょう」と母が言い、私がドンドン階段を下りて父と祖母に、はっきり聞こえるように「見て、見て、母ちゃんとおそろいの洋服よォ！」と立ったのです。恥ずかしそうに母も私のうしろに立ちました。

父が、「ホウー」と言い、祖母は「まあ、よく似合うわ、母ちゃん、夏はその方が楽でしょう、アッパッパー」と言ったのです。私はなにを言ったんだかわかりません。聞いたことのある言葉でしたが、二人並んでいるのに、アッパッパーと言った祖母の言葉が褒めているのか、けなしているのか、不思議でした。大人の女性が真夏に着る洋服、普段着用のものを、アッパッパーと言ったのです。

どこから来た言葉でしょう。あまりいい気持ちのするものではないことは確かです。でも、私も鏡の前へ立ったら似合って可愛いな、と自分で思いました。いつも着物ばかりでいる母の洋服はとても似合うし、一番だと思いました。

母子おそろいの洋服を着た日のこと、白地に小さな紫の花はスミレだったのでしょうか、想い出せませんが、母の洋服姿はそれが最初で最後になりました。

色白の私の母は日本一の女性だと思っています。着物姿でつつましやかに働きぬいた母の姿ですが、洋装にして帽子を被った姿を想い出して胸に描くと楽しくなり、やがて涙になります。

今、私がときどき「アッパッパーでご免なさい」と気のおけぬ来客と接すると、アッパッパー！　の声で笑い出しています。

どこから来た言葉でしょうか。あれからずーっと考えています。

母の胸に寄り添うとき

毎日着るものは着物の日とか洋服の日とかが決まっていた訳ではないのですが、母が支度してあるものを着るのです。朝、目がさめると枕元に置いてあります。洋服のときはエプロンをしませんが、着物のときは必ず白い大きなエプロン、それをあぶらいさん、と呼んでいました。

肩にフリルがついて、今風に言えば夏のワンピースにも似ています。着物を汚さないために着るのですが、白いそのあぶらいさんを汚してはいけないと子ども心に気を遣いました。

「かよ子ちゃん」と呼ばれて母のそばへ行くと後ろむき、あぶらいさんの後ろに付いているはずの小さな貝ボタンのはずれているのをぬいつけて、「ハイ、いいわ」と言ってくれます。

下町の子は、みんな普段着の着物は短めに着ます。そしてコールテンの足袋を履いていました。運動靴の子もいたしチビた下駄の子もいたりいろいろです。そして大きな声で道路で遊ぶのです。鬼ごっこやかくれんぼを歌いながら遊びます。誰が伝えたのか、いつから始めたのかわからない遊びを、お姉さんたちから受けついでいたのでしょうか。あきることなく友達と遊びました。

「かよ子！」と母の声で「いちぬけた」「蛙が鳴くから帰ろう」と、自然にみんなの輪からぬけることができるのです。遊びの途中でも母の声がすると嬉しくなって、飛んでぬけて母の胸に、手に、寄りそいます。

ときどき母が「またあした」とみんなに言いました。

かよちゃんの母ちゃんは優しくていいわねえ、とよくお友達に言われました。

縄跳びや、ゴム段飛びをするときは洋服のときです。あぶらいさんをかけている子は小学校低学年か小学校に上がる前の子です。ですから〝お持《も》ち〟ばかりしていました。それでも楽しいと思って仲間に入っていたのです。

あぶらいさんなんて、どこからきた呼び名でしょう。油屋さんの小僧さんが前かけをしていたと聞いたこともありますが、西洋式ですから、外国から来たのじゃないかとも言われました。普段の着物にだけ付けるもの、よそ行着《ゆき》には絶対に着るものではありません。

あくまでも着物を汚さないために着けさせたものなのに、鼻がたれると着物の袖で拭いてしまって、なぜかあぶらいさんを汚さないよう気をつけました。フリルの沢山ついた可愛いものなので、大切にしていたのです。

おじいちゃんの至福の時間

ポンポンッ！

おばあちゃんがキセルを長火鉢の縁のところでたたく音がします。朝起きてタバコを吸うためです。そして、この音がすると、私の横で寝ている母がスッと起きます。

シャシャッ、シャシャッ。

今度は、母の着物がこすれる音。恐らく母の手は荒れていたのでしょう。着替えるときの音を私はいつも布団の中で聞いていました。帯を締めて、割烹着を着たら、階段を降ります。

タンタンタンタン。

下に行ったら、まず最初に大きな雨戸を開けます。それから、おばあちゃんと母の掃除が始まります。おばあちゃんは仕事場。母は台所やお茶の間、お風呂場、玄関をきれいにします。

パタパタパタッ。

はたきをかける音。朝の音は、目をつぶっていても手にとるようにわかります。


長火鉢は、夜、おじいちゃんが一杯飲むときにも使います。

夕方、仕事を終えたおじいちゃんは家族の中で一番にお風呂に入り、上がってから長火鉢のところでチビリチビリやるのが何より楽しみでした。

おばあちゃんは、おつまみの畳いわしやうるめ、ときにはするめを火であぶります。このおつまみは私たち子どもにとってとても楽しみ。そばにいくと、おばあちゃんが「はい、おあがり」と言って分けてくれます。

真夏は長火鉢に火を入れないので、冷奴やおこうこうがおつまみです。

おじいちゃんは、銅壺《どうこ》から取り出したお銚子をいつも「おっとっとっと」と言いながらお猪口《ちょこ》に注いで、一滴もこぼさないように飲んで「うー」っと言うのが癖です。本当においしそうに飲みます。

でも、そんなに大事にしているお酒を、夏祭りのときには玄関や道路がびしょびしょになるくらい、みんなに豪快に振る舞うのです。子どもの私にはそれが不思議でなりませんでした。

おばあちゃんは後妻で、いつも身奇麗にしている人でした。おじいちゃんと仲も良く、おじいちゃんは毎日のこの晩酌が本当に楽しみという感じでした。

職人仲間の人たちは、おばあちゃんのことを「お局《つぼね》さん」と呼んでいましたが、家の大きな金庫を開けるのはおばあちゃんの役目。今でいう財産管理をしていたからでしょう。

長火鉢のそばにはいつもおばあちゃんがいました。

松ちゃん叔母さん

父の一番下の妹、松枝叔母さんは、「まるで松の木に、おじやぶっかけたみたいな妹で」と父が言ってはいましたが、なんとなくその言葉の響きが自慢そうな感じでした。とっても明るくてみんなに好かれていました。

父には職人仲間が沢山いて、夜になるとよくみんな集まって骨董品や刀をかざして話し合っていました。その仲間に浅草から来る清《せい》さんという人がいて、祖母はふた言めには「清さんは男前だねえ！」とつぶやいていました。

父の弟分に当たる清さんは父のことを「兄《あに》さん、兄さん」と慕っていました。

その男前の清さんに、「どうか松枝さんを私に下さい」と手をつかれて、父も祖母も仰天してしまったそうです。清さんは母子二人暮らしの粋な行灯屋《あんどんや》の職人で、きれいなお店が浅草馬道のロータリーの角から三軒目にありました。

まあ家中、「清さんが松ちゃんを……」と大騒ぎになったとのこと、松ちゃんからいえば父母である私たち祖父母は喜んで喜んで、嫁入りに鼻高々だったそうです。

私たち兄妹は浅草の松ちゃん叔母さんと錦糸町のおそば屋へ行くのが一番の楽しみでした。浅草へ行くと松ちゃん叔母さんはニコニコし、天下様のようでした。清さんは、なんでも言うことを聞いてくれて、背中の丸くなったおばあちゃんもなにをしても叱らず、行くと喜んでくれている様子がわかりました。

二階で相撲ごっこ、鬼ごっこでドタン、バタンとしても家と違って叱られません。

そして観音裏の小屋がけをまわります。見世物小屋では、呼び込みの小父さんが「はなちゃんやー、はなちゃん」と声をかけるのです。私、はなちゃんじゃないよと思いながら松ちゃん叔母さんと一緒に入ります。驚いて忘れられないのは、ろくろ首の女の人でした。本当に首が伸びたのです。

ああ恐ろしい、叔母さんの手をギュッと握って離れないようにしました。怖かったのです。

こんなこともありました。お化け屋敷で喜兄ちゃんがお化けにケガをさせたということで、暗かった小屋が明るくなって、あちこちからお化けが立ち上がり、親分みたいな人が出てきて話し出しました。

喜兄ちゃんも私も震えていました。でも松ちゃん叔母さんは堂々と話をつけ、私と兄を外へ出して、小時待ったら「もう大丈夫！」と言いながら出てきた叔母さんは世界で一番強そうに見えました。

震えていた兄も私も、助かった、と思ったのです。子どもにとって尊敬の気持ちってそんなときに持ってしまうのです。

そのあと、松村というお汁粉屋へ入りました。入るとすぐにオウムがいて、「おたけさん！」と誰が入っても、「おたけさん！」でした。いらっしゃいと言えればいいのになあと思いました。

泊まっても楽しいことだらけ、笑い転げてばかりいたのです。行灯屋には邦子ちゃんという目のパッチリした可愛い女の子がいました。私より五歳ぐらい年下だったでしょうか。私のことをお姉ちゃん、と言ってくれる邦子ちゃんでした。

そのずっと下に辰夫ちゃん、そのまた下に赤ちゃんがいたことは疎開先で知りました。

あんなに明るくて仲よしの家族。父が、「松の木におじやぶっかけた」と言ったことが、悪いこと言ったなあ、と思いながら妹自慢も少々あったのでしょう。

行灯屋の仲よし家族六人は炎の日から行方不明のままです。哀しい思い出ですが、今では楽しかった日々を思い出し、ありがたかったなあ、と思う方が供養につながると思っています。

庭のお風呂

戦後の復興期は、海老名の母と一緒に、とにかく働きました。内職です。マッチのラベル貼りに、服の縫製、釣り針作り。朝起きてから夜寝るまで働き通し。大変でしたけれど、あの頃は希望がありました。日本人みんなが希望をもってがんばっていた時代です。

姑《はは》と私の希望は、夫・三平の出世。だからそれまではどんなことがあってもがんばりましょう。「うちの仕事は不安定だから、内職は続けましょうね」と姑も言っていました。

おもちゃの組み立ての内職をしたこともあります。黒い板をパキパキと割るのですが、これをすると粉が飛び散って顔が真っ黒になります。夫は、真っ黒い顔をした私たちを初めて見たとき、ポロポロ涙をこぼしました。

「お母さんとかよ子に、こんなにも面倒をかけちゃって。今に僕が出世して、なんとか楽をさせますからね」と泣くのです。

私は「何言ってんの。平気よ」と笑い飛ばしていました。

内職のほとんどが生活費で消えていきましたが、余ったお金はセルロイドのお針箱に貯金していました。ようやく二千円ほど貯まったとき「何か記念になるものを買いましょう」と、姑と浅草の松屋へ。

松屋の一階にあったのがドラム缶のお風呂です。姑と私は、外側が青く塗られ、中に板を敷いて入る五右衛門風呂のようなドラム缶のお風呂に釘づけ。ほかにもいろいろな形のお風呂がありましたが、あまりに高価で私たちには手が出ません。

それにしても、デパートのそれも一階で風呂桶を売っているなんて、今では考えられないでしょう。

なぜお風呂だったかといえば、夫のためでした。当時、下町では銭湯を利用する人が多かったのですが、夫が寄席を終えて帰ってくる時分は銭湯が閉まっていて、いつも難儀していました。もしも家にお風呂があれば、いつでも好きなときに入ることができます。

「かよ子、これがいいわ。これを買いましょう」

「でもお母さん、うちにはお風呂を置く場所がありませんよ」

「庭に置けばいいわ。二人で泰ちゃんをお風呂に入れてあげましょう」

そんなやりとりをした三日後、松屋からドラム缶のお風呂が届きました。

一生懸命に働いたお金で初めての買い物。

我が家の三坪ほどの庭に置くと、お隣さんの竹垣すれすれです。母がお隣さんに事情を話すと、快く置かせてくれました。はす向かいの建具屋さんにお願いして、お風呂を焚くための木切れを分けていただく約束もしました。

きれいな月明かりの夜、いよいよ夫が我が家のお風呂に入りました。まわりでピンクと白のコスモスが揺れています。

姑と私は、その様子をぬれ縁に腰かけて、上がるまでじっと見ていました。

「どうだい？　気持ちいいかい？」

何度も何度も聞く姑は、お湯に浸かっている夫以上に喜んでいるようにも見えます。

二人の姿を見て、私もホカホカと温かい気持になりました。

夫はこのお風呂に子どもを抱いて入ることもありました。板を沈めながら上手に入らないと、板が浮き上がってきてしまうドラム缶のお風呂。
みんなが幸せな気持ちになって、寝ないで内職をしたかいがあったというものです。

穴水は第二の故郷

運転手のタジさんが、夫と私を乗せた車で「ラジオつけましょう」と言ってＮＨＫをつけました。昭和三七年か三八年頃のことです。

そのとき、たまたまラジオから聞こえてきたのが「名人竿忠」の浪曲。私も驚きましたが、夫も「へー、浪曲にまでなってたの！」とびっくり。私の父は明治から四代続いた釣り竿作りの職人でした。

ラジオと聞いて私が思い出すのは、三つあります。この浪曲と、あとはやはり戦争です。太平洋戦争の開戦ははっきりおぼえています。本所にいた昭和一六年、ラジオを聞いた兄たちが「ばんざい、ばんざい、ばんざい」と三度言い、まだ小さかった私は内容は理解できませんでしたが、一緒になって飛び上がって「ばんざい」を言いました。

　そして、終戦の玉音放送。聞いたのは再疎開先の石川県穴水でした。昭和二〇年八月一五日、天皇陛下から重大な発表があるということで、国民はみんなラジオの前に集まりました。

　私には、天皇陛下の言っていることの意味がよくわかりません。すると、おばさんが「戦争が終わったんだって。日本は負けたんだって」と、教えてくれました。「かよちゃんのお父ちゃんやお母ちゃんの死は何にもならなかったね。悔しいね」と、泣いていています。

　それまで平和だった村が大きな緊張感に包まれているようで、私はなんとなく恐ろしい気持ちになったことをおぼえています。

　穴水は私にとっての第二の故郷のような場所です。

　私は東京大空襲で家族も家も亡くしましたが、疎開していた沼津の叔母さん夫婦がそのまま預かってくれることになり、叔父さんの転勤で穴水に急きょ再疎開、叔母さん夫婦を頼る以外にありません。

　穴水に行ってみると、とても自然豊かな場所でした。

私たちが住むことになった家は、近くに澄んだ川が流れ、緑に囲まれた場所でした。近所の人たちはみんな親切です。孤児の私を「お父もお母もおらんの？　戦争で死んだんだね」と気遣い、本当に優しくしてくれました。

沼津と違って食べものはお芋などがあり、子どもだったせいか心配はしなくてもいいんだと何となくホッとしたものです。子どもたちはのびのびと川で泳いで遊んでいます。とても新鮮な毎日で、日本が戦争をしていることなど感じさせないほど平和。玉音放送を聞いたのは、そんなときでした。

結婚してからわかったことですが、夫の軍隊時代の班長殿も偶然穴水の人でしたから、穴水とはこころからの交流があります。

お世話になった地に少しでも恩返しができたらと、私は海老名文庫を作り、穴水三平堂落語塾もやっています。

また、私は毎年三月九日に上野で東京大空襲の犠牲者を追悼する「時忘れじの集い」を開いていますが、以前そのことを穴水の人たちに話したら、ぜひお参りをしたいと言って、二〇一二年には四七名が集まってくれました。

老人会で三〇人を募集したところ、あっという間に四七人になってしまったそうで、息子たちは「まるで四十七士だね」と言ってました。それも七〇代から九〇代までの年寄りばかりの四十七士。寒い中、能登空港からやって来てくれました。

皆さん数珠を持ち、極生寺さまのご住職が法衣を着てお経をあげてくださいました。

夜はせっかくだからとスカイツリーを見学し、水月ホテル鷗外荘で宴会。私もその宴会に参加しましたが、同級生でなくても、みんなが「かよちゃん、かよちゃん」と優しく接してくれます。気持ちは温かいままです。

戦後、焼け野原となった東京に戻った私は、親戚を転々としました。つらいことばかりの中、どうしても東京で生きていかれなくなったら、穴水に行こうと思ってやってきました。あそこに行けば、きっと誰かが私のことを助けてくれる。だからもう少しだけ東京で我慢しよう。がんばってみよう。ずっとそんな風に思って生きてきました。

私にとって穴水は、生きる希望のような場所。遠くからいつも優しい光で照らしてくれています。

本と旅行が好きです

子どもの頃に住んでいた家の二階には、立派な机がありました。父はそこに行灯を置き、正座をして、よく本を読んでいました。

隣の八畳間には百科事典が並んでいます。学校の先生もその百科事典を見に来たくらいでしたから、あれだけそろっている家は珍しかったと思います。

父は丸善に行くと、よく私たち子どものために本や文房具を買ってきてくれました。ほかにも、おばあちゃんや私たち子どもが定期購読していた本を、本屋さんが毎月届けてくれます。だから、私たち子どもの勉強部屋には、一人ひとつずつの本箱がありました。

喜兄ちゃんの本箱には「のらくろ」や「長靴三銃士」があります。時々「かよ子、俺の本を読んだだろ」と言ってくるので「読んでない」と答えると「読んだ!」「読んでないもん！」と喧嘩になります。

　私は元あったようにちゃんと戻したつもりなのに、どうして兄にはわかるかと不思議でなりませんでした。

　友達と本の貸し借りもよくしていました。疎開中、母から届いた手紙に「かよちゃん、本の借りっぱなしはいけませんよ。お友達が返してくださいって取りに来ましたよ」と書かれたものがありました。

　ほかにも「兄ちゃんが神田中の本屋を探しています。必ず見つけて送ってあげますから、もう少し待っててね」というも手紙もあります。私はまったく記憶にないのですが、きっと読みたい本があって、家族に「送って欲しい」と頼んだのでしょう。母からの手紙には本の題名は書かれていないので、いまだに何の本かわからないのが残念です。

　それにしても、あんなにたくさんの本があったというのに、自分が読んだ本の題名などは、まったく思い出せません。つらい戦争がその記憶を消してしまったのかもしれません。でも何十年か経って、孫たちにアンデルセンなんかを読んで聞かせてあげるうちに「このお話、知ってる」というのがいくつか出てきました。きっとそれが子どもの頃に読んでいた本だったのでしょう。

　本の中には、自分の知らない世界がたくさん広がっていますが、私は海外旅行も大好きです。

　これまでヨーロッパやアメリカ、アフリカ、北極、南極、さまざまな場所に行きました。知らない土地に行くのは、なんだか冒険みたい。と言っても、家族と一緒だったり、テレビ番組の企画だったりするので、私は付いていくだけなのですが。

　旅行には、必ずお守り袋を持って行きます。中には、香水と頭痛薬、小さなハーモニカ、メンコ、いただいたお守りが入っています。

　香水は、夫と行った初めての海外旅行で、パリの空港で買いました。中身も少しだけ残っています。私がこの香水を大事にしていることを家族も知っているので、海外に行くとよく香水のお土産を買ってきてくれます。

　どの旅行も思い出深いのですが、やはり夫とのパリは忘れられません。小さくて素敵なホテルで、焼きたてのおいしいパンを食べました。またそこに行きたいと思いながらそれがどこにあったのか、ホテルの名前すら思い出せないのには困ったものです。

　ハーモニカは、次男がベルギーで買ってきてくれたもの。私が子どもの頃、母に吹いてもらったハーモニカが空襲で焼けてしまった話をしたからでしょう、買ってくれたのです。

ひょっとこの絵のメンコは、空襲で亡くなった八つ下の弟・孝ちゃんのものです。孝ちゃんは写真も残っていないので、このメンコが唯一、彼が生きた証です。

お守りはいろいろな方からいただくので、その分、このお守り袋もどんどん大きくなっていきます。私は寂しくなると、思い出がいっぱい詰まったこのお守り袋を眺め、元気を出しています。そして歩けるうちはどんどん僻地《へきち》を旅したいと思っています。

趣味はハンカチ集め

子どもの頃、南に向いた二階の廊下に籐の椅子が置いてありました。背もたれがあって、脚にはカーブした板がついたロッキングチェアです。

職人の家にああいう椅子があるのは珍しかったと思います。私は友達と二人で「どっこいしょ、どっこいしょ」と船のように揺らしては遊んでいました。

その籐の椅子に、よく母が腰かけてフランス刺繍をしていました。丸い木の輪っかに布をはめてやる刺繍です。私はトコトコと階段を上がり、そんな母の姿に出会うと、まるで絵のようだわ、素敵と思っていました。

私に気づいた母が「今、かよちゃんの刺繍《ししゅう》してるのよ」と言います。見ると、かわいいお花がひとつ。母は私の真っ白いハンカチに、必ず小さなお花の刺繍をしてくれていました。

お友達は白い布を切って端を縫っただけのハンカチでしたが、私のはお花がついているので、心の中でちょっと自慢。大事に大事に使っていました。

でも戦争が始まると、子どもたちも非常事態という感覚があったので、誰もハンカチは使いません。手ぬぐいを半分に切ったものをハンカチ代わりにしていました。

私のハンカチ好きは、そんな母の思い出があるからかもしれません。最近はしませんが、子どもが小さかった頃は母をまねて、子どもたちの持ち物に刺繍をしたこともあります。

趣味のない私ですが、ハンカチを集めるのが唯一の趣味といえば趣味です。以前、新聞のエッセイにそのことを書いたら、知り合いにずいぶんプレゼントされました。海外のお土産にいただいたハンカチもたくさん。母の日には家族やお弟子たちがプレゼントしてくれますから、家にはハンカチだけの引き出しがあります。

時々引き出しを開けて眺めていますが、まるでお花畑のよう。幸せな気持ちになります。なんだかもったいなくて使えません。だから嫁たちから「いつまで眺めてるんですか？　もったいないからそろそろ使った方がいいですよ」と言われてしまいます。

ハンカチを集めるようになったのは、仕事を始めた頃に「海老名さん、ハンカチかわいいですね」と言われて、なんとなく嬉しかったせいもあるでしょう。もう三三年になります。

眺めているだけではなくて、もちろん普段使いのものもあって、外に行くときは三枚～五枚は持って出ます。お手洗い用、お食事をいただく用、汗拭き、鼻を抑えるため……。家の中でも、私は小さな手提げかばんを持ち歩いていて、その中にハンカチが三枚入っています。

パンツ騒動

物のない時代に育ったので、いまだに物を捨てられません。その代表が下着です。私の身の回りの世話を二〇年以上してくれているお手伝いさんが「おかみさん、下着が破れてきましたから、そろそろ捨てましょう」「ももひきがすっかり薄くなりましたから、処分しましょう」と言って、新しい下着を買ってきてくれます。

でも、私はまだはけると思うとなかなか捨てられません。

講演などで着たスーツは老人ホームに寄付をしています。みなさん、喜んで着てくださる上に、ときにはお返しですと言って、ホームで作っているぶどうやらっきょうを送ってくださいます。でもさすがに、はき古した下着はどうにもなりません。たまっていく一方です。

以前、仕事が忙しくて下着を買い物に行く暇もなかったとき、お弟子のたい平に

「浅草行って、だらだらシミーズを買ってきて」と頼みました。私がふだん着ている安物のシミーズです。

たい平は、そのときのことを覚えていて「僕はまだ若者だったのに、女性の下着屋さんに入って、だらだらシミーズくださいって言ったんですよ」と、いまだに恨めしそうに私に言います。

旅行に行っても、私は汚れものを持って歩けない性分です。

特に下着は洗わないと気持ちが悪くて仕方がありません。ですから、昭和四二年に初めて夫と海外旅行に行ったときも、ホテルで洗濯ばかりしていた記憶があります。

その後、次男やこん平たち弟子と一緒に香港にも行きました。事前に「下着は使ったら捨ててくればいい」と言われていましたが、そうはいきません。夕飯前、私はせっせと下着を洗い、窓のところに干していました。

ところが、外出用の少し高いヒールの靴をはいていたため、バランスを崩して転んでしまったのです。ひねった足首がみるみる腫れてしまいました。すでに夕飯のお店の予約もしていましたが、痛くてそれどころではありません。

部屋にやってきた息子たちは、私の捻挫《ねんざ》を心配しながらも、窓に吊るしてあるレースがちょっと破けた私の古パンツを見て言いました。

「お母さんのこんな破れたパンツのために、夕飯が台なしになった」

その晩、二男が街で、現地の人から聞いた、捻挫に効くという薬を買って来てくれました。見れば真っ黒でドロドロ。それを足首に塗ったら、今度はカチカチ山のように熱いのなんのって。痛みも忘れるほど猛烈な熱さです。そんな私の足を、こん平がずっと仰いでくれました。仰ぎながら、干してあるパンツを見て言いました。

「こんなパンツのために大事な時間が……」

せっかくの香港旅行だからと、知り合いからいろいろリサーチして、細かくスケジュールを立ててくれていたのです。本当に申し訳ないことをしました。

翌日、あの薬が効いたのか、痛みはピタッと収まりました。日本に帰ると、長男の嫁から「お姑さん、これからは洗濯物は洗濯袋に入れて、必ず持ち帰ってください」と釘を刺されました。私もこのパンツ事件以来は、おとなしく従っています。

それにしても、あの黒いドロドロの薬はいったい何だったのでしょう。その後、香港に行くという人がいると「買ってきて」と頼んでいるのですが、見つからないそうで、いまだに手に入りません。

歯を磨ける幸せ

講演などで「皆さん、朝起きると歯を磨きますよね？　どう思いますか？」と聞くと、キョトンという顔をされます。歯磨きは毎日の習慣ですから、どう思うか、なんて考えたこともないのでしょう。

でも、私はチューブを押して、歯磨きがニュッと出てくると「あー良かった」という気持ちになります。それも毎日歯を磨くたびに。歯ブラシや歯磨きを見るたびに、戦中戦後のことが思い出されるのです。

下町の戦火が激しくなると、私は一人親元を離れ、沼津に疎開しました。そのとき、両親は私に歯ブラシと歯磨き粉を持たせてくれました。歯磨きは今のような練り状のものではなく、缶入りの歯磨き粉です。

やがて戦後になって歯磨き粉は使い切り、歯ブラシも毛がすべて抜けてしまいました。でも、モノのない時代、新しい歯ブラシを買う余裕などありません。仕方なく指で歯を洗っていました。そんな生活が何年続いたでしょうか。

それよりもっと深刻だったのが、日々の食べ物でした。

東京に戻った私は、家を焼かれて父も母も亡くし、焼けた荒野に一人ぼっち。小学校五年生のときです。誰も手を差し伸べてなんかくれません。それどころか、大人が子どもを蹴飛ばして通り過ぎていく時代。誰もが、自分が生き延びることに精一杯だったのです。

私は雑草を摘んで食べ、空腹をしのぎました。焼け跡に生えていたハコベやアカザ、ツルムラサキです。

でも、それだけでお腹が膨《ふく》れるわけもありません。ようやく闇市で買えたのが、安い〝ふすまこ〟。ふすまこは麦の皮で、普通なら捨ててしまう赤茶色の部分です。それを水で溶いてドロドロにし、焼け跡から拾って来たボロボロのお鍋で煮て食べるのです。

もちろん調味料なんて買えませんから、味もありません。とにかくお腹を満たすためでした。

今思い返しても、あの時代を、よく子どもが一人で生き延びられたものだと思います。それができたのは、きっと親の愛があったからでしょう。もしもここで私がくじけたら、天国で父や母が泣くに違いない。だから私は生きて行かなくちゃいけないんだって。

父ちゃん、私、がんばるからね。

母ちゃん、私、笑顔でいるわ。

第5章　いのちある限り生きる

「この子は幸せになる」

セピア色した一枚の写真が出てきました。裏面に「幸手《さって》にてお花見」とあります。父の姿が写っていないだけで家族全員が写っています。祖父母、三人の兄達、それに叔母二人、みんな、よそゆきの姿です。そして立って赤ちゃんを抱いている母、優しさがそのまま伝わります。

その抱かれている赤ちゃんは私なのです。白いフリルのついた白い帽子、それにやはりフリルと刺しゅうのよだれかけ、そしていい着物を着せられているのでしょう、長い着物を着ています。

昭和八年一〇月六日生まれの私、ですからあくる年は九年の四月頃としても生後半年ほどしか経っていないのに、お花見の仲間に入っていたのです。小姑にあたる叔母たちとも仲よく、祖母にはなおさらのように気を遣っていた母ですから、どんなに大勢でも争いもなく幸せに満ちた家族でした。

じっと写真を見ていると、みんなの気持ちまでわかってしまう、いい写真です。

赤ちゃんの私は、どんなに大事にされたかがわかります。「四人目で女の子！」家中喚声で喜びあったことを幼いときから大人達に知らされていました。

「鼻ペチャだけど、ホーラ、エクボができる、とお祖父ちゃんは来る人来る人に自慢してたのよ」と。そして不思議なのは「この子は、いい日に生まれた」。これも何度も聞いていたのです。何がよかったのか今では知る由もありません。お天気が良かったのか、竿師の代々の仕事が上出来で祝っていたのか。星がいいのか大吉だったのか、「この子は幸せになる」と大人達がずーっと言い続けていました。母はそのたびに嬉しそうな顔で私を見ました。

あんなに仲のいい家族を、のちのち、今現在も見たことがありません。

その家庭で育てられた私は本当に幸せでした。兄達の愛も受けていた私は甘えん坊の泣き虫でした。少々体が弱くて往診の先生に来ていただき、注射で大泣きし、母が側についていてくれて見守ってくれました。

昭和一六年一月二日、私は姉になりました。母のおなかが大きくなり、私は楽しみで楽しみでなりませんでした。おなかに手をあてて、女の子、男の子どっち！ と聞いて、女の子だったらいいのになあと心のうちで思っていました。

小学生になっていた私は、お姉ちゃんになるんだ、しっかりしなくちゃと自分で言い聞かせ、家のお手伝いをしたいと気を遣っていました。

そして「立つより返事」と昔の人は言いました。

入学式の日、教室で「中根かよ子さん」と呼ばれたのに、ドキドキして「ハーイ」と小さな声で返事をして、残念な気持ちの残ったまま母と手をつないでの帰り道、「かよ子ちゃん、返事は大きな声でネ」と母が優しく言ってくれました。それがずっと心にあって、ハイ、の返事だけは家の中でも一番でした。返事がいいと幸せになれる、とのちに恩人の金馬師匠に言われ、褒められました。

元日の夜更けに赤ちゃんが産まれました。男の子でした。「うわ、かわいー」赤ちゃんの手にふれたらファと綿のような感じで、いつの間にか涙を流していたのです。

「あらら、お姉ちゃん、嬉しくて、泣いちゃった」と祖母が言いました。

私が「お母ちゃん」と言ったら母が「かよ子はお姉ちゃんよ」と言ってくれました。

孝之輔と名付けられ、それはそれは可愛い赤ちゃんでした。目がパッチリして、私は世界中で一番可愛い弟だと思いました。

愛《いと》しい、不憫《ふびん》という気持ちも知りました。泣いていると、かわいそうかわいそう、と思ってしまいます。その年の八月に祖父が亡くなり、家族は哀しみに包まれました。祖母は「かよ子はお祖父ちゃん子だったわね！」と言っては涙を流していました。

子ども好きの祖父、皆に慕われた祖父、仲良しだった祖母の哀しみ、驚いたことに眉毛を落としてしまいました。それを父母が察し、祖母の隣に長兄の布団を敷いて一人では淋しかろうの気持ちが家族に伝わりました。

その年の一二月八日、太平洋戦争勃発《ぼっぱつ》、ラジオから流れる声に、兄姉四人で「万歳！　万歳」と手を上げて祝いました。

「日本は神国だから負けることはない。天皇陛下がいらっしゃる。いざとなると神風がふく！」

竿師の父は警防団に詰め、留守がちの父に替わって祖母は国防婦人会の副会長となり、戦時下を守る決意のようなものがみんなに伝わりました。そして「お国の為！」の言葉がいつも聞こえたのです。

父がいて、母がいて、そして家族がいた日々

私の生まれた家は竿師といって、釣竿を作っていました。江戸中期に越後から出てきて米屋を始め、屋号を越後屋忠兵衛、本所割下水《わりげすい》で手広く商いをしていたのに、その長男、中吉がとても器用で、武家屋敷へ行っては釣竿を作り、とうとう親の跡を継がずに竿師になってしまったのです。

一世、釣音、その息子が二世、初代竿忠となります、どん底の貧乏の中で竿作りに励み、第一回の万国博に出品し、釣竿を芸術品にまでたかめました。そして、明治天皇に召集を受けてごほうびをいただき、一躍名人竿忠と称されるようになりました。初代、二代、私の父が三代ですが、見事な作品が残されており、一五〇年も経った今でも、継ぎもしっかり納まり持った手にその名竿の技が伝わるのです。徳富蘇峰《そほう》先生の書かれた、名人竿忠の記念碑も深川の弁天様にあり、その当時は釣師、竿師が仰い

で通ったそうです。

長谷川伸先生が書かれた名人、竿忠の浪曲は春日井梅鶯《ばいおう》師がレコード化され、残されています。

三代竿忠である私の父は生粋の江戸っ子で、曲がったことが大嫌い、職人仲間には兄《あに》さん、兄さんと慕われていました。母とは、昔のことなのに父の同級生の妹を見初めて結婚したのです。

父と母の仲の良いことは誰もが知っていますが、二人で並んでいることも二人きりで話し合っているところも見たことがありません。

ただお習字が二人とも好きで、父は机で、母はお膳で墨をすって父が字を黒々と書いていた姿を思いだします。

下町の職人の家でしたが、豊かな竿忠全盛のときの私は子どもだったのです。それが戦争で万歳をし喜び勇んだのに食糧も統制下になり、日増しに戦況のきびしさが子どもたちにもわかり始めました。

母の兄、父の同級生の孝太郎伯父さんが軍医で出征し、ニューギニアで戦死。一人残った母の実家の祖母が防空壕に落ちて床につき、ほどなくして亡くなりました。

母の哀しみは家族のみんながわかっていて、どうして慰めたら、と思いました。あの戦況下、ラジオのニュースでは勝利、勝利の声、兵隊さんもがんばっている、私達も銃後の務め、お国の為に尽くさなくちゃと、小学生の私も心をふるいたたせていました。

昭和一九年六月、学童疎開が義務付けられ、私は父の妹の嫁ぎ先へ行くことになりました。叔父は海軍省の設計技師で、沼津での勤務でした。

大好きな叔母さんのとこへ行ける嬉しさで、家族と離れる哀しさをあまり胸にしないまま疎開の日を迎えることになりました。

夜、床についたら、玄米が手に入ったのか二階で兄達が一升瓶に半分ほど入れてシャッ、シャッと突く音が響いていました。祖母が「あしたは白いごはんを食べて行かれるのよ」と言いました。いつまでもいつまでもシャッシャッ、シャッと音が聞こえました。

あくる日、白いごはん、久し振りのごはん、私が「おかわり」と母にお茶碗を渡したら、母は目を赤くしていたのです。家族みんなの視線を感じ私はおどけて、「大丈夫よ、平気よ一人だって、叔母さんいるもの！」と言いながらも切ない気持ちに襲われました。

するとし母が「かよちゃん、ちょっと」と言って、二人きりで二階の母の箪笥《たんす》の前に向かい合って座りました。引き出しからお守り袋を出して首からかけてくれた母が、「かよ子は明るくて元気だから大丈夫」と念を押すように言って、そのあと「鼻が低いと言われたってエクボがあるわよね、いつも笑顔でいましょうね。笑顔でいれば人に好かれるの、ね」と涙をホロホロさせて言いました。

「早くしなさい、時間になるよ」という一階《した》からの父の声で、母は私を抱きしめて「笑顔でいてね」と言って涙を拭《ぬぐ》いました。

一階へ降りたら家族が待っていました。父に連れられて行く私を見送ってくれたのです。

そのとき、四歳の弟に「孝ちゃん、警報がなっても空襲になっても泣いちゃダメよ。ねえねは一人で疎開するからね」と言ったら弟が、玩具《おもちゃ》箱から大事なメンコを一枚持ってきて、「ネエネ」と私にくれたのです。ヒョットコのお面の絵のメンコです。

私は標準服のポケットにそれを大事に入れて旅立ちました。

神さま、どうかみんなを助けてください

疎開先の沼津は、海軍省の官舎が香貫山《かぬきやま》中腹まで四軒建一棟の箱のような家がたくさんあり、驚きました。

沼津市第三国民学校五年、小竹和先生、生徒もたくさんいて、なかなかお友達となじめませんでした。それどころか軍国少年隊のように男子はいつも燃えていて、勉強以上に大事な仕事を小学生がしているかのようでした。

女子は芋づる奉仕です、二時間近くリヤカーをひいて芋畠一面、富士山のくっきり見える山下で手を真っ黒にして取り、山のように積んだリヤカーをひいて、行きも帰りも疲れた体を歌声で吹き飛ばすかのように軍歌を歌って、暗くなって帰る日々でした。

戦況の厳しさは日増しに、ひっしと伝わります。「駿河湾上空を……」とニュース

が流れると、ニュースの声より先にB29がちょうど香貫山から西へ折れて東京方面へ向かって行ったものです。

そんな中でも家族からの手紙が何よりの楽しみでした。三日に一ぺんは必ず便りがありました。学校から帰って気持ちが暗いときでも、便りを見ると嬉しさがこみあげてきたものです。

心の中で、みんながついていてくれてるものね、という励ましが包まれていました。

次の世を、背追うべき身ぞ
たくましく、正しく生きよ
里に、うつりて

皇后さまの疎開の子への唄をありがたく受けとめ歌いました。

日増しになる戦争の激しさは子どもたちも身をもって感じ始めていましたが、私は愛国少女ですから、一にも二にもお国の為と我慢し、正しく生きようと思っていました。

空からビラが雨のように降り落ちました。ルーズベルトの写真付き、ムジョウケン、コウフク。そんなビラを何枚も何枚もふみつけました。機銃掃射《きじゅうそうしゃ》にも遭い、もう死ぬと思うような怖い体験もしました。

東京のみんなのところへ帰りたい思いがつのって、夜になると自然に涙がこぼれました。

父の便りに、「淋しくなったら東京の空に向かって、父さん、父さん、父さんと三回呼んでごらんなさい」とありました。涙がこぼれる度に夜空に小さな声で「父さん」を三回叫んでいました。

すると！　あら不思議、涙が忘れたようにとまっていたのです。父が暗示をかけてくれたのです。その暗示が今も通じているのは、すごいことです。親の愛は永遠だと思えてなりません。

昭和二〇年三月の春休みは東京へ帰ることに決めていました。六年生は進学もあり堂々と帰るのですが、五年生の私は叔母さんと母が連絡をとって切符の手配をして、迎えに来てもらうことになっていました。

カレンダーに印をつけて、あと何日と指折り数える毎日でした。

三月九日、学校へ行ったらすぐ帰宅命令がでました。途中機銃掃射を受ける怖い思いをしながら、叔母さんの家へやっと帰りました。寒い寒い日でした。夕飯のお雑炊を食べているところに「退避！　退避！」という小父さん達の声がし、急いで防空頭巾を被って香貫山の木の生い茂った中を登って行きました。

叔母さんは坊やを背中におぶい、小さな女の子の手を引いています。私は一人がんばろうと思い、いざとなったら戦うと心を奮い立たせていました。

頂上の方から「東京の空が赤いぞ」という声が聞こえました。夢中で登って行き眺めると、東の空の下の方がボーッと赤いのです。

ああ、大変なことになった。

でも兄ちゃん達も元気だし、父さんは警防団の団長になっていたし、おばあちゃんは国防婦人会の副会長、母さんは少し弱虫だけど、大丈夫みんながいるから。でもだんだん、万一のことがあったらと、胸がドキドキしました。凍てつく山肌に正座をして「神さま、どうかみんなを助けて下さい」と一心に祈りました。私の生涯で神にすがったのはそのときが初めてです。心の底からの祈りを捧げました。

「勉強室の私の机も本箱も大きな人形も、何にもいりません。みんなを助けて下さい、私は決して悪いことはしません。神さま助けて下さい」と祈りつづけました。

不安で不安でどうしていいかわからない、涙も出ない、ただ祈るばかりでした。

あくる日学校へ行ったら、小竹組の女の子たちから、「中根さん、本所、深川は全滅だってよ」と言われました。

ただ呆然と聞くだけでした。

海軍省の叔父さんの情報が一番だからと、叔父さんの言葉を待ちましたが、泊まりのつづく海軍省の激務は言われなくてもわかります。私はじっと待ちました。

兄と私、残ったのは二人だけ

昭和二〇年三月一〇日から四日後のことです。「かよちゃん！　かよちゃん！」と呼ぶ叔母さんの声で外へ飛んで出たら、すぐ上の兄が田んぼ道から、焼けただれた姿で現れたのです。

「喜兄ちゃん！」

兄に抱きつきました。顔も唇もボロボロ、黒ずんでボーッとしたままの兄に私は何度も「喜兄ちゃん！」と声をかけ、さすれるところをさすって、気づいてもらいたいと必死でした。

気がついたら、兄も私も部屋に座っていました。ぬるま湯で拭いてもらったのか、何を着ていたのか思い出せません。

ヨードチンキの匂いがしていたように思います。夜更け、二人で抱き合って床につきました。涙をポロポロさせる兄。私も「喜兄ちゃん」と言い合って、そのうち兄が布団に正座して坐り「かよ子、ごめん。父さんも母さんも、兄ちゃん達、孝ちゃん、おばあちゃん、みんな死んじゃったんだ、僕だけ生き残っちゃった、ごめんね、ごめんね」と泣いたのです。私はこの兄を慰めなくちゃの一心で、「喜兄ちゃん、生きててよかった、よかったじゃない」あとはもう声をあげて抱き合って泣きました。

私の家族が本当に死んだんだとは信じられません。いまだに信じられません、行方不明のままの家族です。

昭和二〇年、東京大空襲によって私と兄は離ればなれの戦災孤児となりました。何もかもが消えてなくなりました。

当てもないのに東京へ舞い戻って行った兄はどうしているのだろう、食べるものはあるのだろうか、野宿をしているのだろうか、と思うと、夜空の父に守ってあげてくださいと頼みました。

しばらく学校を休み、香貫山へ登って木枝の太いのを探しては竹槍《やり》がわり、〝突き！　突き！〟と声をあげました。敵前上陸したらいの一番で私は突進して敵を倒してみせる。兄と別れてから気づいたとき声が出なくなっていて、叔母さんが「風邪じゃないのに、やっぱり、ひどすぎたものね」と言っては温かなお雑炊をすすめてくれました。

何日間か声が出ない日が続いていたのにも気づかなかったのですが、突き、突き、の声だけは出ていて、みんなに心配をかけてはいけない、私は愛国少女だ、と自分に言い聞かせて学校へ通いました。一番哀しくて一番強かった私です。

二〇年六月、突然「あさって朝一番で石川県の穴水というとこへ行く」と言われ、とるものもとりあえず、畑の小さなトマトの実を取って風呂敷に入れました。車中の食料です。

もぐとき、赤ちゃんのトマト、青いトマト、かわいそう、とチラッと思いました、早朝、夜があけきれぬ空に星がきれいでした。

北陸へ行く、どんなとこだろう、私は叔父叔母を父母と思ってこの先も付いていこう、肉親の便りの束を背中に背負って自分を励ましつづけていました。

車中、ペコペコのお腹、小指の先ほどのトマトの青いのを食べました。みんな列車にゆられながら黙って食べました。金沢から七尾線にのりかえて穴水着。

与衛門という屋号の農家のお家の一部屋を借りて、叔父さんは自転車で秘密の基地へ行くように誰にも場所を教えず出かけていきました。

穴水宇留地小学校は分校で、六年生は四人ほどでした。二教室で一、二、三年と四、五、六年生が二つ、部屋で一緒に勉強していたのですが、教えるのは校長先生と二人の先生だけ。友達も優しくて、村の大人の人たちは「父親《おとと》も母親《おかか》もおらんのか、戦争で死んだんか」と食べものを私に与えてくれました。そこの暮らしは楽しくて、川の一番水は飲み水、つぎは洗濯、そして昼には子どもたちが泳いでいました。石がゴロゴロある清らかな流れの川です。極生寺の娘さんが分校の先生で低学年を教えていました。私の事情を知っていたのか、よく声をかけてくれました。

お友達がすぐに出来、はるちゃんの家でボタン杏（ハタンキョウ）を頂いたとき、「こんな美味しいのはじめて」と思いました。鈴なりになっているボタン杏で満ち足りた気分になったのは食糧難のあの当時、忘れられるものではありません。どじょうを取ったり、楽しい遊びがいっぱいで、ひととき友達と一緒に楽しく遊ぶことが暮らしていく糧になったので、一人ぼっちになった哀しみもいっとき忘れられる思いでした。

私だけが哀しいんじゃない

昭和二〇年八月一五日。

ドラマによく出てくるように、廊下にラジオが出されて与衛門の人たち、叔母さんと子ども二人と私、近所の人も何人かいたでしょう。

叔父さんから知らされていた正午のことです。直立してラジオからの放送を聞きました。

ラジオからのお言葉はよくわかりません。ただ、「たえがたきをたえ」だけ胸に残りました。叔母さんが泣きました。「かよ子の父さんも母さんも犬死にしちゃった」と言って涙をポロポロさせたのです。

ある夜、極生寺さんの本堂で、みんなで唄を歌ったり踊ったりしていました。

ちりちりちどり、ちどりやちどり、山は夕やけキラキラと沖には白いちどりも帰る、帰るちどりよ、さようなら。

私はオルガンも弾けました。私は唄は下手だからみんなの前では決して歌わない、と思っていたのに、穴水ではそんなことも忘れて歌っていたのです。

叔父さんが子どもたちがいる中へ入って来ました。海軍省はどうなったのか、心配でしたが口に出して言えません。みんなの踊りを見ていた叔父さんが突然、「自分も歌います」と言って、みんなの前へ立ったのです。

ペチカの唄を歌った叔父さんの声の素晴らしさに、びっくりしました。一生懸命歌ってた叔父さんの目に涙が溢れています。本堂はシーンとなり、みんなでその唄を聞きました。

叔父さんも哀しいんだと、自分だけ哀しい身の上になったんだと思い込んでいたことにハッと気づかされました。

叔父さんは声楽家をめざしていたんじゃないかと思えるほど素晴らしい声でした。インドネシアへ行った話もしてくれて、その国の唄もしっかり教えてくれて、その唄は今でも私は歌うことができるのです。

稲刈りが終わったばかりの季節でしたが、白いごはんを食べた記憶はありません。

イナゴをとって食べました。食料は雑炊にじゃがいもがよく入っていて、玉ねぎを薄く切っておかずがわり、私は玉ねぎを食べるたびに涙がポロポロ出るので困りました。叔母さんから「かよちゃんだけが哀しいんじゃないのよ、日本国中が哀しいんだからね」と諭されました。

朝、「かよちゃん!」とみんなが川の向こうから声をかけてくれます。家から飛んで出て一緒に山道を登って学校に向かいます。

秋風が吹き「みみとりにいかんかー!」と友達が誘ってくれます。背追《しょい》い子《こ》を背にし山に入ります。山は食べ物の宝庫です。

あけびをみつけると分けあって食べ、山ぶどう、栗、茸のことをみみと呼んでいました。栗やみみを背にして帰りました。

もう叔父さん叔母さんが父であり母です。こんなに優しい人ばかりのところが他にあるかしらと思えるほどで、哀しみを忘れよう、忘れようとしていた私です。

昭和二〇年一〇月、秋風の寒く感じる日のことでした。

「かよちゃん、ちょっと」と叔母さんに呼ばれ、膝を突き合わせて座りました。

「あの……」「どうしたの……」と聞いても、なかなか切り出せない様子です。

「あの、悪いんだけど、東京の姉さんのとこへ行ってくれない」

「エッ、大きい伯母さんのこと？」「そう」「私一人で行くの？　伯母さんの家、焼けたんでしょう。家があるの？」

信じられない言葉を耳にして思わず「叔母さん、どうしたの？」叔父さん叔母さんを、お父さんお母さんと思って信じてきたのに、突き放された思いがし、叔母さんにすがりつきたくなりました。

「あの、処分しなくちゃならないものがあるの。大きい伯父さんと伯母さんに後見人になってもらってからじゃないと、それができないの。喜ちゃんはどこへ行ったか行方不明、あんたを引きとってもらって……」

「いま東京は大変なとこだって友達も、みんな言っているわ。恐ろしいとこになっているって」私は一生懸命叔母さんに訴えました。でも返事は「悪いわね」と返ってくるだけでした。動転《どうてん》した気持を押さえジッと考えました。「叔父さんの職もなく、これから私たちだって、どう暮らしていくか、大変なの」

一二歳になったばかりの私、でも戦争に負けた国情がわからなくもありません。

「ハイ、わかりました。東京へ帰ります」と言ったら思わずワアと涙が溢れて泣きました。優しい穴水の人たちとの別れもつらい、友達との別れもつらい、でも母が言ってた、いつも笑顔でいてね。笑顔でいれば人に好かれるの、大丈夫。あの言葉が支えとなりました。強くなろう、一人ぼっちでも笑顔で生きよう、そして穴水をあとにして人生の出発の気持ちで駅へ向かいました。

宇留地国民学校の友達がみんな少しずつ食べものを持ちよって風呂敷に包んでくれました。汽車が動き出したら、みんないっせいに「かよちゃーん、そくさいでなあー」駅が小さくなるまで声が伝わりました。

「みんな、ありがとう!」

混んだ列車にゆられて東京に着いたら、一面が焼け野ヶ原、これが東京!　唖然とするばかりでした。

いのちある限り私は生きる！

昭和二〇年一〇月末。

とにかく、なにもかも変わってしまいました。当たり前と言えないほど戦争は人を変えてしまいました。町がなくなってしまったことは敗戦の言葉通りですが、人の情けまですっかり変わってしまったのです。

幼いとき、「ハシバアバ」と言っていた父の姉にあたる伯母さん夫婦の変わりよう。「かよ子ちゃんや」と私のことを人一倍可愛がってくれていたのです。

竿忠の長女は大事にされていました。この伯母さんも二代目の長女、シャンとしていつもきれいにお化粧をし、着物を着ていました。その伯母さんの家は中野で、焼けトタンで囲っただけの三畳ほどのバラック小屋です。伯父さん、伯母さん、そして女の子が毛布や布団のようなものを棚から下ろして寝ます。私はその棚に、ありったけの衣類をかけて、ちぢこまって眠ったのです。

伯母さんはいつも怒ってばかり、伯父さんは、働きにも行かずブラブラして、たまに出かけるときは「お前たちの手続きで大変なんだ!」と言いました。なんの手続きだったのでしょうか。学校へはほとんど行かせてもらえなかったようで、想い出せないのです。

伯母さんは瓶《かめ》に水を常にいっぱいにさせておかないと怒ります。だから板のフタを何度も開けて水の量を気にしました。

その度にバケツでお寺さんの井戸の水をもらいに行きました。いっぱい入れたバケツの水を上手に持って歩かないと、バチャバチャはねてモンペが濡れて冷たくなります。いつもいつも瓶の水が気になっていました。

ある日、一日中伯母さんはどなってばかり。ヒステリーと大人が言っていた言葉はこのことだと思うほど、何をしても「かよ子!」と叱るのです。涙も出ません。イライラして叱り散らしているようなのです。

夜になって、うす暗い電球の灯りの隅で、昔の写真をとり出してみました。父の姉妹が全員そろって正装しています。伯母さんも丸まげで並んでいます。私は父のひざに手をそえてオカッパで洋服を着て、やはりフリルの靴下です。なつかしくて、今の境遇が不思議、夢のようなとはこのことかと思えたのです。

昭和二〇年一一月末。

決して行っちゃいけない、と言われていた本所の焼け跡へ行く決意をしました。がまぐちに電車賃はあります。中野から乗り、乗り替えて両国へ、そして歩いて堅川に着きました。

焼け野が原に、ポツ、ポツとバラックが建ち始めていました。家の跡に近づくにつれ、ドキドキしてきました。もしかして誰かが生きていてくれているかもしれない。ドンドン歩きました。

家の前に立ちました。二段の幅の広い石段でわかります。なにもかも焼けて、金庫だけがポツンとかたむいています。

思わず「みんなあー、みんなあ!」「父ちゃん! 父ちゃん!」。大声で叫んで、焼けた家の跡に入りました。

金庫の裏は、誰かがこじあけたのか、メチャメチャに、ざくろのように口をあけ、中身はなにもありません。

焼け跡中を歩き、そして掘り起こしたら弟の昼寝布団の焼け布や、「アッ、母ちゃんの着物」、出てくるものは無残な形で、あの温かい家の匂いも形もなくなっています。

父の仕事道具、箪笥《たんす》の取手、みんな私の家、私の家のものなのです。変わり果てた品々が、哀しい形を残しています。

つい一年ほど前は現実にあったものが、みんないなくなっちゃった。私も一人ぼっち。これから先、どう生きていったらいいのだろう。哀しみというより、子どもの心に、どうしてこんなことになってしまったのだろう、持っていきようのない悔しさが押しよせ、戦争はなんてなんて恐ろしい、哀しいことなんだと思ったのです。

夕暮れにかかり、寒さが身にしみました。石段のところで声をあげて泣くだけ泣きました。そして、こんな泣いている姿を父や母やみんなが見ていたら、きっときっと哀しむに違いない。ダメ！　強く生きなきゃ、みんなの「がんばって！」が聞こえるようなのです。

立ち上がり、夕空に「あたし、がんばるわー」と叫んで、命あるかぎり生きると子ども心に、いなくなったみんなに誓ったのです。

「かよ子、がんばって！」

兄と私はバラバラの戦災孤児でした。

私は夢中で兄を探して歩いても、なかなか見つけることができず、あーあの思いで今日は柏の叔父さんの家へ行って泊まらせてもらおう、と歩きました。

ある日、夜も遅くなり暗い畑道をどんどん行くうちに、お腹が空いて力尽きた感じになってしまったのです。朝雑炊を食べたきりです。畑一面の葉っぱは、さつま芋。沼津で竹槍訓練をしていたあの愛国心に燃えていた頃と違って、人の魂までも消えてしまった人の群れ、そして一人で歩く自分、ペコペコのおなか、つい、このさつま芋のつるを引っこ抜いてお芋を食べちゃおう、と手をかけた途端、父の声、母の声がしたのです。

「かよ子、がんばって！」

「かよ子、がんばるのよォ！」

星のきれいな夜空を見上げました。「私、がんばるわ」手を払って急いで叔父さんの家へ向かって歩きました。

ああ、ドロボーをしないでよかったと心底思いました。あのとき、お芋を引っこぬいてかぶりついている自分を想像すると、ぞっとします。

まさしく父母が守ってくれたのです。


前のところでも書きましたが、母の実家を守ってくれていた隆子さんという人がいました。二五、六歳だったでしょうか。軍医の孝太郎伯父さんと一緒になるはずだったのですが、写真だけ見ての婚約でした。その後頼りの私の父母もいなくなっても、がんばってくれていたのですが、思い出のつまったなつかしいおばあちゃんの家も、神田の郵便局前で強制とりこわしで家はなくなってしまい、町会の集会所を借りて住んでいました。たばこの商いのほか、町会の小使いさんとして働いていたのです。

隆子さんのところへ行けば、必ず、かよ子ちゃん、と抱きしめてくれて泣き、「おなか空いてんでしょ」と雑炊を作ってくれて、がんばりましょうね、と励ましてくれました。でも寝るところが狭くて、どうにもなりません。私が行くたびに、優しい隆子さんに迷惑をかけると思いながらも、ときどき訪ねました。中野の伯母さんには世話になるまい、と子ども心に兄と同じように行かなくなりました。

なんとか働かなくちゃと、年をごまかして材木屋さんで働かせてもらいました。働きながら兄を探していたら、神田の今川橋のところで、〝アッ！〟。大人口調で兄が、喜兄ちゃんが女の人の腰ひもを売っていたのです。

「きい兄ちゃん！」「エッ！　かよ子」

驚いて立ったまま顔をみつめました。ドキドキです。

「いつ東京へ出てきたんだ。どこにいるんだ⁉」

私がまだ石川県の穴水にいるとばかり思っていたのです。

「きい兄ちゃん！」

私は兄に抱きついて泣きました。すっかり大人になったみたいな兄ですが、泣いています。

そしてミルクホールと看板のある店へ連れて行ってくれましたが、ただただ嬉しくて涙ばかりの私はなにを飲ませてもらったか、想い出せません。

その夜、兄の仲間達が集まって寝る縫製《ほうせい》工場の屋根裏のようなところに泊まりました。

夜空を仰いでは、父ちゃん、父ちゃん、父ちゃんと、小さな声で呼んでいました。するると切ない気持も少し落ち着くのです。

父や母、家族のみんなのことを思うと決して悪いことだけはしまいと思いました。歩きながら唄を歌いました。一人でいるときは、いつもなにか歌っていました。なつかしい穴水の極生寺さまで大きな声で歌っていた、あのなつかしさがこみあげるようでした。祖母の歌ってくれた童唄《わらべうた》もそうでした。私は一人になると唄を歌って心を慰めていたのかなと思えてしまいます。

子守をすれば学校へ行かせてあげるという家へお世話になることになりました。埼玉県北浦和のその家には、生まれて半年ほどの可愛い赤ちゃんがいて、上二人が年子で男の子三人そろって、おむつをしています。その年子の三人の子のお守りをすれば新制中学へ行かせてもらえるということで嬉しかったのですが、六畳と三畳と玄関二畳の狭い家です。それに荷物が多く、赤ちゃんと男の子、私は三畳の部屋に細めの布団を敷き、上の坊やと眠りました。

学校へ行くのが何よりの楽しみでした。学校へ行くと、みんなが集まってくれて家庭科の部活では一八〇人ほどの班長に選挙で決まりました。「私は休みが多いから」とみんなに話したのに、「いいから、みんなで力を合わせよう」と言ってくれて大任を受け持ちました。

でも家で坊やが風邪をひいた、熱を出した、具合が悪い、小母さんが頭が痛い、留守番での子守と、休みだらけでした。そんな私を学校のみんながかばってくれたり励ましてくれたり。特に早野寿郎先生は「中根、くじけるな、がんばれよ!」と会うたびごとに声をかけてくれました。

朝は一番に起きて薪を割り、そして三人分のおむつを洗うのです。井戸水ですから洗っている間は楽なのです。長方形の三枚一組のおむつを一枚ずつ竹竿を通して干し、三叉という物干しにかけて三段干しするのですが、寒い最中に干すときは一枚竿に通してピンとさせると、すぐにパリッと凍るのです。

手足は霜焼け、あかぎれで、血が吹き出てきます。ある日、おむつを三叉で上にかかげて、かけたと思った途端に目の前が真っ暗。気づいたら「あっ鼻血」ズキンズキンしてきました。干したおむつの一竿が私の鼻に落ちたのです。まだ夜のあけきらぬ朝、「なんで、なんで、こんなことになっちゃったの」と涙がこぼれました。

薪をくべ、ごはんの支度、それまでが大忙し。早くごはんを終わらせて、あとかたづけ。

「おばさん、学校へ行っていいでしょうか」

返事をもらえなくても、

「行かせていただきまーす」

と大きな声であいさつをして家を出ました。嬉しい嬉しい学校で、早野先生に励まされました。のちに俳優座の主幹になられた早野寿郎先生です。

その頃よくラジオから流れていたのが、〝みどりの丘の赤い屋根、とんがり帽子の時計台、鐘がなりますキンコンカン～〟。立ち止まってその唄を聴き、私と同じ子もいるんだ、と思える唄でした。

自分の境遇の変わりようを思う前に、ひたすら眠りたい、の気持ちもありました。でも、新制中学一年を修了、二年生を迎えた頃、警察で護身術を教えていたその家の小父さんの職がなくなり、夫婦でケンカばかりになって、私は赤ちゃんを抱いて坊やたちと畑の方に逃げ出しました。夜になると眠ったふりをしているのですが、小父さんがどなって、小母さんが金切り声で叫んで、ドタンバタン。夢中で赤ちゃんを抱きしめました。

お布団の敷きつめられた夜です。とつじょ、い、い、い、部屋中に雪が降ったようになり、驚いて小母さんを見たら羽根布団をかみきって中の羽根が舞ったのです。家中白くなった中で、私は呆然としてしまいました。

それまで布団に羽根が入っているなんて知りませんでしたし、綿を打ち直して祖母と母が仲よく仕上げていくのを思い出しました。

このご夫婦は昌平橋の際の大きな郵便局長に若いうちから出世し、なんでも学ばれた立派な方で趣味もたくさん持ち、とても豊かに暮らしていたのだと、後から知りました。

部屋中白が舞い、「あんたなんか、のうのうと学校なんかへ行かせてあげられないよォ！」小母さんは私にまで当たり散らしました。ああ、もうこの家にはいられない、荷物をまとめて家を出ました。先生にも友達にも、さようなら、も言えずに……。

涙を拭くより、この先どこへ行こう、と頭の中がいっぱいで、駅への道のりを歩きました。

思い出すのは、あのときの小母さんの怖い顔ですが、お世話になってすぐ、小母さんの着物、緑色地に黒の花模様の布地で、私にブラウスを作ってくれました。嬉しい、小母さん、ありがとう。メガネの中の目が笑って、小母さんも嬉しそうでした。

嬉しくて涙が流れたら抱きしめてくれたのです。ときどきあの恐ろしかった日のことを思うと、すぐにあのブラウスの嬉しかったときに置きかえています。

お咲ちゃんの足跡

私には一〇歳上のいとこのお姉さんがいました。目がパッチリして肌が透けるように白い、憧れのお姉さん、お咲ちゃんです。

そのお咲ちゃんが、空襲警報が鳴っている寒い日、「おばあちゃん!」と、転がり込むようにうちに入って来ました。痩せて小柄なお咲ちゃんが、なんだか急に太ったよう。お茶の間の戸を締めたのを確認すると、お咲ちゃんは羽織っていた黒い上っ張りを脱ぎました。すると、とってもきれいな明るい花模様の大振袖を着ていました。

当時、一七歳か一八歳。お咲ちゃん、本当にきれい! よく似合うわ!

おっかさんが縫ってくれた着物を着て、おばあちゃんに見せに来たのです。でも戦争中ですから、それが見つかってつかまりでもしたら大変。お咲ちゃんはまた黒い上っ張りを着て急いで帰って行きました。これが、きれいに着飾った姿を見た最後です。

お咲ちゃんは四人兄弟のうちの二番目で一人娘。満鉄の特務機関で働いていた長男を頼って、一家で満州に疎開することになりました。

旅立つ日、おばあちゃんは娘の背中に真綿を入れて、「気を付けてね」と別れを惜しんでいました。物のない時代、せめて娘が寒い思いをしないようにと、大切にとってあった真綿を背中にしょわせてあげたのです。親というのはありがたいものです。

戦後もずっと、私はお咲ちゃんのことが気になっていました。

引き揚げてきた家族に聞いても「満州で死んだ」と言うだけで、詳しいことはわかりません。

私は、中学生になった次男の泰助を連れ、中国にお咲ちゃんの足跡をたどる旅をしました。泰助を連れて行ったのは、そういう場所を訪ね歩くことで、戦争の無残さを心に留めて欲しかったから。案内人はお咲ちゃんの弟です。

鞍山《あんしゃん》や錦州《きんしゅう》などを歩きましたが、その頃の中国は今とは雲泥の差。ホテルの食事一つとっても、夕食はパン一つと何か甘いもの、昼食はキャベツ炒めのみという具合。トイレの扉もありませんでした。

何日目かの夜、お咲ちゃんの弟が、私の部屋を訪ねてきました。

それまでは当時の暮らしや、満鉄の新年会に参加した思い出などを普通に話してくれていたのに、この夜は違いました。「実は、姉さんは」と言ったまま、ワーッと泣き出したのです。

私は、あのお咲ちゃんの身に起こった大変な出来事を彼から聞いて、愕然《がくぜん》としました。

姉と二人で食料の調達に行った帰り、ジープに乗った五～六人のソ連兵に取り囲まれ、お咲ちゃんが乱暴されたこと。その後、妊娠していることがわかり、祈禱師《きとうし》によって無理やり堕胎させられたこと。それが原因で体をひどく病み、日本への引き上げ船・氷川丸の上で亡くなったこと。あまりにむごい内容でした。

氷川丸では「島が見えたぞ！　日本だぞ！」と叫ぶ人々の声を聞いて「おっかさん、よかったわね」と微笑みながら息を引き取ったそうです。

弟は、小学三年生のときに起こった恐ろしい出来事を、三〇年間も心に秘め、それを一気に私に吐き出したのです。ポロポロポロポロ涙をこぼしながら。

日本に引き揚げる前、満鉄で働いていた頼りのお兄さんもチフスにかかって亡くなったそうです。当時、氷川丸には火葬の設備があったので、お咲ちゃんも荼毘《だび》に付され、弟は二つのお骨を抱いて日本に戻ってきたということです。

この話を聞いたとき、戦争など遠い昔のことのように見える平和な日本で、今も人には言えない苦しみを抱えている人がいっぱいいるんだと思いました。

私は旅の最後に、泰助を横浜港に係留されている氷川丸に連れて行きました。ビアガーデンになっていて、大勢のお客さんで賑わっていました。

それを見た泰助は「ビールなんか飲んでる場合じゃないよ」と言って、着ていたジャンパーを脱いで叩きつけながら泣きました。まだ中学生で純粋な彼は、自分の気持ちをどう処理したらいいのかわからなかったのでしょう。私も涙が出ました。

でも息子を思い切って旅に連れて出て良かったと思いました。戦争の残酷さや人の心の痛みをしっかり受け留めてくれたようです。

上野に慰霊碑建立

毎年三月九日に東京大空襲の供養をしています。

戦争孤児の私が、慰霊碑と平和の母子像を建てたのは二〇〇四年。最初は家族だけでご供養しましょうと言っていたのです。それが新聞社の方が記事を書いてくださったおかげで、四〇〇～五〇〇〇人も集まりました。三月九日が日曜だったときなど一五〇〇〇人以上もの方が来てくださって本当に驚きました。

慰霊碑の建設は、夫が元気だった頃から考えていたことで、私にとって何十年越しの悲願です。東京都の平和の日委員を仰せつかった際、平和記念館ができることになり、ようやく願いに一歩近づいた思いでした。私は無学ですから、ドイツのアウシュビッツをはじめ世界中の戦跡を回って勉強するところから始めました。ところが、さまざまな団体や東京都の考えもあり、記念館設立は思うように進みません。結局、暗礁に乗り上げてしまったのです。

だったら自分でなんとかするしかない。委員の一人として、私は自ら活動する決意をしました。

当時、上野の山には、東京大空襲の犠牲者の一万体近い遺体が巨大な穴を掘って埋められてしまいました。二年後、犠牲者を掘り起こして荼毘に付し、ご遺体は墨田区横網の東京都慰霊堂に関東大震災の犠牲者と合祀《ごうし》されています。そのことの証言者はいるものの、記録はどこにも残されていません。そこで、事実はきちんと残しておかなくてはいけないと思ったのです。

その記録が上野にはないので、私は上野に慰霊碑を建てたいと思ったのです。そこで無謀にも都に出した請願書のコピーを持って寛永寺の浦井正明先生に直接お願いに上がりました。「寛永寺様の土地を少しわけてくださいませんか。慰霊碑を建てたいのです」と申し上げたのです。

私の思いを汲んでいただき、ありがたいことに無償で土地を提供していただけることになりました。

すると、時を同じくして東京都からも上野の清水寺の隣に、平和の母子像「時忘れじの塔」を建てる許可が下りました。思いがけず、いっぺんに二つも希望がかなうこととなり、貯金をすべて費やしましたが、こんなに嬉しいことはありません。さらに、大勢の方々が賛同してくださいました。

「時忘れじの塔」は、私の母がしっかりと弟を胸に抱き、私が母のスカートをギュッと握っています。そして、もう一方の手で空を指さし「みんなで幸せに暮らそう」と言っている像です。

実は、もともとは母はスカートではなく、もんぺの予定でした。でも、東京都は着物か洋服でなくては許可できないということでした。戦中の女性はみんなもんぺでしたから「それでは意味がない」と私は言いましたが、どうしても許可してくれません。その理由も教えてもらえませんでした。

私はよく考えたうえで、スカートの母でもいい、平和の尊さを伝える像であってほしいと踏み切りました。

九年目となる二〇一三年も、たくさんの方がお参りに来てくださいました。

開催には、会場にテントを張る、吹奏楽の楽器の管理や運送するなど、費用もかかります。中にはご芳志をくださる方もいて、五円玉をテープで貼って送ってくださる方もいて、本当にありがたいことです。運営は私一人ではどうにもなりませんが、息子の嫁たちが先頭に立って動いてくれますし、お弟子たちも全員協力してくれます。ただ戦争体験者はもう高齢ですから、なかなか出て来られない方もいらっしゃるでしょう。私も生きている限り、自分で働いて、この式典を続けたいと思っています。

戦争孤児

下町では、春になるといつも桜草を売りにきていました。

「桜草や〜、桜草」

花売りの小父さんの声が聞こえると、私は「母ちゃん、早く早く！　桜草よ！」と母に知らせます。「あら、そう。急ぎましょう」。二人で慌てて表に出ます。

荷車は鉢に入ったピンクや白の桜草でいっぱい。いつも決まって、母がひと鉢、私がひと鉢買っていました。子どもの頃のとっても嬉しい思い出。今も桜草を見ると母を思い出します。

そんな思い出話を、数年前にある男性に話しました。

その方は私と同じ戦争孤児で、年齢も同じ。私が毎年三月九日に行っている東京大空襲の供養式「時忘れじの集い」に来てくださったのがご縁で知り合いました。

その方の疎開先での経験をうかがった私は、涙が止まりませんでした。

男性は、ご両親にとっても可愛がられて育ったそうです。でも、戦火が激しくなって、子どもは集団疎開することになりました。

ある日、東京の方角の空が赤く染まり、それを見て「みんな、死なないで、死ないで」と祈ったそうです。あくる朝、先生から「本所、深川は空襲で大変なことになったけれど、みんながんばろうね」と言われ、必死で涙をこらえて日々を過ごしました。

空襲が落ち着いた頃、離れていた親や親戚が子どもたちを迎えに来ました。友達が一人、また一人と減っていきます。

「僕の父ちゃん母ちゃんは、今日は来るかな。明日はどうかな」

毎日毎日、待っていました。残ったのは、その男性ともう一人の友達だけ。しかし、その友達も知り合いという顔も知らない大人が迎えに来ました。友達は「行きたくない、行きたくない」と泣きながら、でもその知り合いに手をとられ、男性とサヨナラして行ってしまったそうです。

男性はとうとう一人ぼっち。先生もそこを離れることになり、男性はお寺に預けられた後、再疎開することになりました。当時、国は親を亡くすなど行き場を失った子どもたちを再疎開させていました。関東の子どもたちは岩手県の山中です。結局、その再疎開先で終戦を迎えました。さらにその後、東京府中にある戦災孤児収容所に引き取られたそうです。お気の毒に、ご両親は行方不明のまま。

その男性は、私に言いました。

「でも、僕は収容所に入ったおかげで義務教育を受けることができました」

縁故疎開で沼津の親戚に預けられた私は、終戦後も住むところを転々としていたので、義務教育すらきちんと受けることができなかったのです。

男性は教育を受けたおかげで、大人になって商売を始めることができました。その商売が成功をおさめ、現役を引退してからは、趣味の花作りや旅行を楽しんでいらっしゃるということです。

そして「僕らは戦災孤児で苦しい思いをした者同士。海老名さんは三月九日の式典でみんなを慰めてくれているから、僕はせめて花で海老名さんを慰めたい」と、ご自分が育てた花を、三カ月に一度、我が家に届けてくださいます。

もう何年になるでしょう。春には春の、夏には夏の花。それも、私が起きるよりずっと早い時間に、そっと置いていってくださるのです。

その方にいただく季節の花の親切も、母との桜草の懐かしい思い出も、いつも私を優しい気持ちで包んでくれます。

苦しかったからこそ今がある

二〇一一年三月九日の慰霊祭「時忘れじの集い」には、岩手や福島からも集まってくださいました。その翌々日に、あの東日本大震災です。電話がつながらず心配しましたが、しばらくして宮古の人から連絡があり「大丈夫でした」とおっしゃるので、ほっとしました。車を乗り捨てて山に駆け登ったため無事だったそうです。

私が「何が欲しい？」と聞いても「大丈夫、大丈夫。自分たちでがんばるから」って。本当に強いですね。それでも家にあった缶詰やタオルなどをかき集め、段ボールに入れて送りました。

そうしたら、秋になって、ジャガイモがたくさん穫れたからとお礼に送ってくれました。かつてないほどの豊作というクルミも届きました。自然はときに残酷で、ときに天の恵みをもたらしてくれます。それにしても宮古の皆さんは、がまん強いだけじゃなく、とても情に厚い人たちです。

震災後の五月初め、一門で被災地にお見舞いにも行きました。大船渡の知り合いに連絡を取ると、食料や支援物資はすでに足りているから、何か甘いものがあればみんなが喜ぶだろうとのこと。水ようかん八〇〇個を持って行きました。

東北新幹線の水沢江刺で降り、バスに乗りました。車窓から見えるのは一面菜の花や梅の花ののどかな春の風景。本当にきれいです。ところが海に近づくと突然、荒野に変わるのです。それを見て、泰葉がバスの中で泣いていました。

陸前高田の一本松に到着してバスを降りると、想像を超える痛ましい光景。自衛隊や消防庁の方たちが遺体を探しています。泰助も涙を流し、私もどうやって被災者の方たちを慰めたらいいかわかりませんでした。

そのとき、ふと浮かんだのが終戦後の焼け野原です。私は、地元の皆さんを前に、自分が小学五年生で両親や兄弟を亡くし、焼け野原に立ったときのことを話しました。パン一切れさえ分けてもらえず、国も手を差し伸べてくれなかった思い出。皆さん、真剣に耳を傾けてくださいました。そして、私のために涙を流してくれたのです。

水ようかんも喜んでいただけましたが、私のつらい経験が少しでも皆さんの励ましになったのなら何よりです。帰るときには、ご年配の方から子どもまで皆さん見送りに来てくれて「がんばって、がんばって」って。逆にこちらが励まされました。

私にとって戦争は苦しく悲しい思い出です。でも、あれから七〇年近く経ち、今この年になると、あの悲しみは神様が私に与えた試練だったのかなとも思えるのです。苦しかったからこそ、人一倍ありがたいと思えるし、感謝の気持ちを持てるようになりました。他人が何を言おうとも、どんな陰口をたたかれようとも、自分がちゃんと生きていれば、いつかわかってくれる。悪いことをしないで一生懸命に生きていれば、きっと幸せになれる。

幸せな今は、そんな風に思うのです。

悔し涙

テレビ番組の企画で、長男がニューヨークのハドソンリバーをカヌーで一周することになりました。それで長男の嫁や子ども、美どり、泰助、私と、家族みんなで行くことにしました。

ちょうど八月一五日にかかっていたので、お昼に黙とうをささげ、その後で昼食を食べに行きました。

そのとき、たまたま居合わせたアメリカ人の男性に、美どりが「母は戦争孤児で、とても悲しい思いをした」と話したところ、その方もパールハーバーで負傷したということでした。

帰り際、その方は私の前で立ち止まり、かぶっていた帽子を脱いで胸に当て、言葉をかけてくれました。何と言ったかはわかりませんでしたが、哀悼の意を表してくれたことはわかります。

戦後、私はずっと「アメリカ人憎し」と思って生きてきました。でも、やはり悪いのは人ではなくて戦争そのもの。そう改めて感じた出来事でした。

ちょうどその頃、妙心寺さんからある相談をされていた私は、このアメリカ人との出会いをきっかけに、お返事する決心をしました。

実は、三笠宮殿下と妃殿下が私から戦争中の体験や孤児になってからの話を聞きたいとおっしゃっているとのこと。当時、私は朝日新聞にエッセイを書いていて、妃殿下はそれをすべて読まれているということでした。

私は妙心寺さんのお話をお受けしました。そして三笠宮殿下と妃殿下には、それまであまり人に話していなかった思い出を話しました。

孤児になった私は、中野の伯母さんの家を離れ、埼玉県の北浦和の家でお世話になった話は前にもふれました。親戚ではありませんが、家の手伝いや子守をすれば学校にも行かせてくれるという約束だったのです。

中野の伯母さんの家では学校に通えませんでしたから、私は喜んで、小さな行李を一つ背負って訪ねました。

そのお宅は小父さんと小母さん、それから年子の男の子が三人の五人家族。私は洗濯や薪割り、食事の支度、子守となんでもやりました。子どもが三人ともおむつを当てていたので、おむつの洗濯は本当に大変でした。

そんなある日、私は広げたまま置いてあった新聞を見て、思わず涙がこぼれたのです。載っていたのは昭和天皇ご一家の写真と、それを揶揄《やゆ》した見出し。

私たち国民はその日の食べものにも困っていたというのに、写真の皇后様は太っていらしたのです。私と同い年の皇太子さまもお元気そう。ご一家はこんなにも幸せそうなのに、なんで私の家族はみんな死んじゃったんだろう。

疎開先では、皇后様が私たち子どもに歌わせた「♪次の世を、背負うべき身ぞ　たくましく、正しく生きよ　里に、うつりて」という唄を歌いながら、苦しくても歯を食いしばって生きようと耐えてきたのに……。本当に悔しかった。後から後から涙があふれ、新聞を濡らしました。

そんな話を、三笠宮殿下と妃殿下に伝えたのです。

殿下は「いいお話を聞きました。ありがとう」と言ってくださいました。思いきってお話して良かったと思いました。

私は今の天皇皇后両陛下が大好きです。天皇陛下は日光に疎開されていましたから、東京の空が赤く染まったのもご覧になったでしょう。私たち孤児を含め国民の心をわかってくださっているように思います。

［おわりに］

いい昭和を残しておきたい

昭和を生きた私は今、八〇歳を目前にしていますが、まだ女の子の気持ちが残っています。きれいな踊りや唄が、大好きです。それも家族の歌声が好きなのです。

昔、母に「歌って」と言っていた言葉を今は子どもたちに言っています。「何か歌って」と。そんな唄好きな私ですが、カラオケには行ったことがありません。

私の唄は詩というより、声とメロディーだけが体にすっぽり入ってしまっているのです。祖母のわらべ唄はどなたも知らないと思いますが、私にはその歌っている情景が浮かび上がって幸せを感じるのです。

下町暮らしでピアノのない家でしたが、私の家の音がありました。母の音、父の音、祖母の音、兄の、弟の音が耳を澄ますと伝わるのです。

幼いとき情をいっぱい受けた子は、しっかり生きていけます。

今回、わらべ唄から始まって、文を書きました。あらら無学もの丸出し、お恥ずかしい限りの文です。

その上、唄を歌ってと申し渡され、昭和生まれのおばあちゃんが、のちに残せるものと思い、恥をしのんで歌いました。

着ている着物は嫁入りしてはじめて姑に買ってもらった村山大島。締めている帯は母が嫁入りしたとき箪笥に入れてきたもので、叔母の嫁入りのとき「シーちゃん、これもと、義姉《ねえ》さんが持たせてくださったの、かよちゃんに返すわ」と、四〇年程前に手許に来たものです。百年は優に経っています。

下町の暮らしはそれはそれは楽しいものでした。笑い、泣き、怒り、そのすべての情が息づいてました。戦争はそのすべてを失わせてしまいました。哀しい、哀しいことです。でも、日本人として血を引いた私達が、良いことも伝え残さなくてはならないと思うようになりました。

今、伝えておかなかったらなくなってしまう大事なものが、心にも体にもあるはずです。

昔おばあちゃんから「愚に返った」という言葉を聞きました。年を取って子どもになったという意味でしょう。そんな気持ちで書き、歌った昭和一桁生まれの私の思い出と唄です。

編集の加藤真理さん、文があちこち飛んでご迷惑をおかけいたしました。この本を読んでくださいました皆様にもお詫び申し上げたく存じます。

「あ、かよちゃん、ごはんよぉ」

母の声がしました。一階へ下ります。皆様、ありがとうございました。

二〇一三年　四月

海老名　香葉子

海老名香葉子（えびな・かよこ）

昭和8年、代々江戸和竿「竿忠」の家に生まれる。昭和20年3月の東京大空襲で兄ひとりを除き一家6人を失う。昭和27年、18歳のとき落語家・林家三平と結婚。昭和55年の三平師匠逝去後はテレビのコメンテーター、エッセイスト、講演活動と幅広く活躍し、一門を守る。主な著書に『ことしの牡丹はよい牡丹』（文春文庫）、『うしろの正面だあれ』（金の星社）、『あした天気になあれ』（朝日新聞出版）、『子供の世話になって死んでいきます』（海竜社）などがある。

母と昭和とわらべ唄――しつけと情のある暮らし

2013年6月20日　初版第1刷発行
2021年5月1日　初版第3刷発行

著者｜海老名香葉子
発行者｜大島光明
発行所｜株式会社 鳳書院
〒101–0061　東京都千代田区神田三崎町2–8–12
Tel. 03–3264–3168（代表）

装幀｜宗利淳一　田中奈緒子
DVD制作｜春田克典　高橋力
カバー写真｜ルイス　シウバ
編集協力｜加藤真理　鈴木かおり
印刷・製本｜中央精版印刷

 ISBN978-4-87122-175-7